FRAGILE DES BRONCHES

DU MÊME AUTEUR

Les Valseuses, roman, Robert Laffont, 1972
Beau-Père, roman, Robert Laffont, 1981
Les Côtelettes, théâtre, Actes Sud, 1997
Existe en blanc, roman, Robert Laffont, 1998
Désolé pour la moquette, théâtre, Actes Sud, 2010

BERTRAND
BLIER

FRAGILE DES BRONCHES

Avec la collaboration d'Eva Bester

ÉDITIONS
SEGHERS

PHOTOGRAPHIES : PAGE 3 © UNIFRANCE FILM, PHILIPPE R. DOUMIC ;
PAGES 3 ET 4 © A. SCARNATI ; PAGE 4 © STUDIO MORIS ORAN.

92, AVENUE DE FRANCE, 75013.
PARUTION : JANVIER 2022.
ISBN : 978-2-232-14519-3

I

JE GRANDIS SANS ENTHOUSIASME

1

Ma mère, un jour, a voulu se balancer par la fenêtre. C'était après la guerre, une belle soirée de printemps, la fenêtre était ouverte, les hirondelles rasaient le sommet des arbres. On habitait au sixième étage, on dînait, mon père, ma mère et moi, sur cette espèce de table ronde qu'on avait foutue dans ma chambre. Mon père servait le vin, ma mère en buvait peu, et moi j'étais trop jeune, j'avais treize ans. Ma mère me regardait avec un drôle d'air, comme si elle me disait au revoir, et puis tout d'un coup elle s'est levée, elle s'est précipitée sur le balcon et a enjambé la balustrade.

— Gisèle ! s'est écrié mon père.

Il a foncé vers elle et l'a attrapée *in extremis*, elle était déjà à moitié dans le vide. Je me suis élancé vers l'escalier, j'ai descendu les six étages en courant comme un fou, je me suis retrouvé dans la rue, je me suis cassé la gueule sur le trottoir, un vieux qui passait par là a essuyé le sang que j'avais sur le visage avec son mouchoir douteux.

— Elle est finie, la guerre ? je lui ai demandé.

— Oui, il m'a répondu, les Allemands sont partis.

— J'ai eu peur, j'ai dormi dans la cave, mes parents m'ont installé un lit, une bombe est tombée dans la rue.

— Moi aussi j'ai eu peur, dit le vieux, c'était une sale période... Ton père est revenu ?

— Il s'est évadé trois fois, il est rentré à pied depuis l'Autriche... Quand je l'ai vu au bout de la rue avec son baluchon, j'ai couru pour me jeter dans ses bras...

2

J'ai un très bon copain qui s'appelle Blumberg. Taches de rousseur, cheveux crépus, parents russes exilés. Il habite au 40, rue d'Auteuil.

Je suis toujours fourré chez lui et lui chez moi. Parfois sa mère fait du bortsch. Un bortsch de compétition. Blumberg me connaît par cœur : quand je suis triste, il est triste. Il me voit arriver, blême.

— Qu'est-ce qui t'arrive, t'as un problème ?

Là, je fonds en larmes.

Ça fait du bien parfois.

3

Je vais à l'école rue de Musset avec mes culottes courtes et mon cartable sur le dos. Parfois je tombe ou je suis attaqué. J'ai des traces de Mercurochrome sur les genoux. Je fais du patin à roulettes jusqu'à la rue d'Auteuil, je reviens par la rue Chardon-Lagache.

Aujourd'hui je suis triste, tout le monde s'en aperçoit, particulièrement certains de mes collègues. Si je pouvais m'évader dans une forêt, j'irais directement, mais dans le 16e arrondissement, y a pas beaucoup de forêts.

Si je me barre sans prévenir personne, y a un mec qui va me bloquer à la sortie : le directeur. Sa moustache est grise, très épaisse, son nez, bien irrigué. Il a la tête de l'emploi, avec en plus une gentillesse pour laquelle les mots me manquent.

4

Quand je rentre à la maison, je trouve ma mère couchée et le neurologue en train de s'entretenir avec mon père en essayant de le rassurer.

Moi, je grandis sans enthousiasme, je suis fragile des bronches, malade un jour sur deux, des quintes de toux à n'en plus finir, je traîne en pyjama, j'écoute ma mère jouer du piano, elle aime bien Chopin, moi j'aime bien ma mère jouant Chopin.

Mon père est acteur. Il rentre tard après ses gueuletons avec des copains. Il vient voir si je tousse. Je tousse. Il me donne un grand verre d'eau. C'est mon père, un mec génial. Il baise beaucoup de femmes puis va se coucher silencieusement à côté de ma mère. Elle vient se blottir contre lui. Il lui donne ce qu'elle veut, c'est-à-dire de l'amour, et le lendemain matin elle a les yeux cernés.

Il est beau et séduisant. Très marrant. Mais il baise trop de femmes. Ma mère dépérit.

✦

Ma mère lit très peu. Très lentement. Ça s'appelle *La Renarde*, le livre qu'elle lit. Elle le lit depuis dix ans. En revenant sans arrêt en arrière parce que le lundi elle ne se souvient pas de ce qu'elle a lu le dimanche. Ça fait beaucoup rire mon père. J'avais sept ans quand j'ai vu apparaître *La Renarde* dans la main de ma mère. Un roman anglais, très beau, protégé par une couverture en cuir noir pour que le temps ne l'abîme pas.

– Qu'est-ce qui lui arrive à cette renarde ? je demande à ma mère.

– Plein de malheurs. Tu liras ça plus tard, quand tu seras plus grand.

– Je ne suis pas pressé de grandir...

5

Ma mère se promène toute la journée en peignoir, elle traîne ses chaussons. Elle a une femme de ménage qui s'occupe de tout et qui me frotte le dos dans la baignoire avec un vieux gant de crin. J'aime pas ça. Elle me fait des shampoings. J'aime pas ça.

Parfois ma mère se met à son piano. Elle joue un petit prélude.

Quand je croise le neurologue, je prends des nouvelles.

— Est-ce que ma mère va mieux ?

— Ta mère n'est pas malade, me répond le docteur, c'est de la fragilité, un simple problème de fragilité, tout la heurte, tout la blesse...

— Et moi, pourquoi je tousse ?

— Il faut que tu partes à la montagne.

— Avec qui ?

— Avec ta mère. Ça lui fera du bien, un peu de grand air.

6

Je me retrouve en pyjama dans le wagon-lit avec ma mère. Elle porte un peignoir de soie rose. C'est le départ à la montagne. Le train s'ébranle et s'extrait de la gare de Lyon. Je suis à la fenêtre et je regarde défiler les banlieues.

Dans la nuit, tout à coup, le train s'arrête et on entend une grosse voix qui annonce : « Laroche-Migennes, dix minutes d'arrêt. » Je prends la main de ma mère qui pend de la couchette supérieure. Elle dort. J'écoute les bruits. Je me colle à la fenêtre. Je regarde les trains endormis.

On arrive à huit heures du matin. Gare du Fayet. On descend du train. Quai désert. On porte nos valises. Taxi qui monte dans la montagne. Larges virages dans la forêt. Arrivée à Saint-Gervais. La grille d'un parc s'ouvre, commandée à distance. Un groupe de garçons s'échappe d'un chalet et vient chercher le nouveau. Je disparais dans la cohue, absorbé par le groupe.

Je laisse ma mère toute seule, devant la grille. Elle reprend son taxi qui la déposera à son hôtel, place de l'Église. Moi, je vais passer un mois dans ce home d'enfants.

Je tombe sur le directeur de l'établissement :
— Tu es Jean-Michel Céleste ?
— Bonjour, monsieur...
— Viens avec moi, je vais te montrer ta chambre.

7

Descente à skis du mont d'Arbois au Bettex, station intermédiaire. Arrêt sur une bosse.

– Tu as faim ? demande ma mère.

– Évidemment que j'ai faim !

Arrivée au Bettex. Du monde. Nous plantons nos skis dans la neige devant l'hôtel Arbois Bettex, endroit très sympathique qui dispose d'une fabuleuse terrasse juste en face du mont Blanc. Les gens adorent y déjeuner au soleil, c'est toujours une belle journée.

– Et merde ! dit ma mère, toutes les tables sont occupées.

Un inconnu la saisit par le bras :

– J'ai deux places libres que j'avais réservées pour des amis, mais ils ne viennent pas.

– Alors ce ne sont plus des amis, dit ma mère.

– Vous pourriez peut-être en profiter ?

– Merci beaucoup, répond-elle.

Et nous voilà en train de nous asseoir avec ce mec qu'on connaît pas, un type de cinquante ans. Prénom : Jacques.

Dès le début, je comprends que j'aimerai jamais ce mec, et même, peut-être, que je le détesterai. Qu'il est annonciateur de merde et de malheurs. Un mec qui sourit à toutes les femmes, bronzé à la truelle, le bout du nez cramé, et je ne parle pas des dents dont il a profusion.

8

Je suis convoqué dans le bureau du directeur. C'est le soir. On domine la station et ses mille lumières. Le directeur me regarde au fond des yeux : c'est là où le mal va se nicher.

— Votre maman va rester un petit peu dans la station pour faire du ski ?

— Sans doute, je réponds.

— Vous allez vouloir passer le week-end avec elle ?

— Sans doute.

— Vous allez répondre « sans doute » à toutes les questions que je vais vous poser ?

— Sans doute.

Le directeur me met une grande tarte dans la gueule, immédiatement suivie d'une autre.

Je tombe de ma chaise. Sanglots.

— Vous vous foutez de ma gueule ou je rêve ?

— Sans doute.

9

Impossible de dormir. Mes deux compagnons de chambre ronflent comme des camionneurs. Je me lève. Je sors dans le couloir. Tout le monde dort. Je me promène. Je descends l'escalier qui mène à la salle de jeux. En face, il y a un deuxième chalet, légèrement plus élevé que le nôtre, avec une terrasse qui nous domine. Un rayon de lune éclaire une silhouette. C'est une fille. Elle me regarde. Elle est belle, cheveux blonds, je ne peux pas détacher mes yeux. Ma vie est en train de basculer : la beauté fait son entrée.

Un surveillant arrive, silencieux. Chaussons, robe de chambre. Lui aussi regarde la fille.

— Faut faire attention, il dit, son père est diplomate.

10

Le lendemain, je passe dans le couloir des filles et la rencontre de nouveau. Elle est devant sa chambre, en chemise de nuit, particulièrement décontractée.

— Reste pas dehors, elle me dit, tu vas prendre froid.

Elle me fait entrer dans sa chambre. Elle s'appelle Nicole.

— Tu veux m'emmener boire un verre ? elle demande.

— Bah, c'est-à-dire que je me sens un peu gêné.

— Par quoi ?

— Je sais pas, ta tenue, tu es belle et tout, moi je suis pas habitué. J'arrive de Paris.

11

Le temps d'enfiler un duvet et on est dehors. On va boire un jus de fruit chez Boson, petit bar-salon de thé qui trône dans la grand-rue comme si c'était le Ritz. Puis, insensibles au froid, on déambule en direction de l'église. Arrivée d'une voiture. Un couple en descend. Des amoureux. Ma propre mère en compagnie galante avec le bronzé du Bettex, celui qui nous a invités à sa table au restaurant.

— Planque-toi, je dis à Nicole.

Elle se cache derrière une voiture et je la rejoins.

— Avec un baiser, ce serait mieux, je lui dis.

Immédiatement, elle m'en donne un. Un baiser qui fait vaciller.

Je regarde ma mère qui s'éloigne avec son nouveau copain, main dans la main.

— C'est qui ? demande Nicole.

— Ma mère.

✦

On les suit jusqu'à une construction en forme de soucoupe surmontée d'un gros néon fluo bleuté d'où s'échappe de la musique : Le Chamois, la boîte à la mode. Par la fenêtre, je vois ma mère danser avec son nouveau copain. Joie simple. Elle se déchaîne.

12

Le lendemain à l'aube, arrivée du train de Paris gare du Fayet. Mon père est déjà sur le marchepied, sa valise à la main, une valise d'acteur. Le taxi nous dépose devant l'hôtel. Lorsqu'il entre dans le lobby, mon père, homme fort et sanguin, demande à l'accueil :

— Vous pouvez me donner le numéro de la chambre de Mme Céleste ?

— Mme Céleste n'est pas là, répond l'employé.

— Je suis son mari, Raymond Céleste.

— Vous voulez dire l'acteur ?

— Donnez-moi la clé.

13

Mon père marche dans les couloirs de l'hôtel endormi. On s'arrête entre deux portes.

— T'as entendu ? il me demande.

Un gémissement retentit.

— Une femme ? je réponds.

— Dans la nuit, quand on entend gémir, c'est forcément une femme.

Il colle l'oreille contre l'une des portes et me fait signe de la boucler. Il reste comme ça quelques secondes, puis se colle à l'autre porte.

Un mec, fort et sanguin comme mon père, sort des chiottes quelques mètres plus loin. C'est le type du Bettex. Il nous regarde avec son air de connard.

— C'est à cette heure-là que vous chiez dans les couloirs ? lui demande mon père.

— Je ne chie pas dans les couloirs, je chie dans des toilettes pour ne pas incommoder une femme dont je crains les timidités et qui est de l'autre côté de la cloison que vous voyez là, il dit en montrant la deuxième porte devant laquelle mon père s'était arrêté. Je ne fais pas partager mes effluves à une femme dont je suis en train de tomber fou amoureux. JE SUIS EN TRAIN DE TOMBER FOU AMOUREUX D'UNE FEMME !

L'architecte qui a conçu l'hôtel, est-ce que c'était vraiment un architecte ? Est-ce que quelqu'un a vu cet architecte ? Parce que, moi, quand je vois l'hôtel, je me dis qu'il n'y a pas eu d'architecte, ou qu'il a eu trop carte blanche. Il a fait des couloirs pour des types légers, fins, et là, il y a deux types baraqués dans un couloir trop petit pour eux qui vont se taper sur la gueule. Est-ce que quelqu'un connaît cet architecte ?

À ce moment-là, la porte de la chambre de ma mère s'ouvre et elle sort à demi nue dans le couloir :

– J'ai très bien connu cet architecte ! J'ai beaucoup aimé cet architecte ! Avant, c'était plat, y avait rien. Après y a eu cet hôtel dans lequel on entend un chiotte se déboucher. Le problème avec les chiottes dans les couloirs, c'est quand ils se bouchent – c'est très bien les chiottes dans les couloirs, mais à condition qu'ils se bouchent pas. Sinon ils se débouchent et on est réveillés !

Je suis en train d'assister à une scène très importante entre deux mecs trop larges pour ce couloir, à cause d'un architecte.

Mon père dit :

– Bon alors, mais qu'est-ce qu'il va se passer ?

– Vous allez vous foutre sur la gueule, je réponds.

– Qui, vous ? demande mon père.

– Vous deux ! je dis, en le désignant avec Jacques.

– Mais moi j'ai pas du tout envie de me foutre sur la gueule, dit Jacques.

– Mais moi si, dit mon père. Ça vous dirait un petit coup de boxing dans un couloir trop étroit ?

Une autre porte s'ouvre sur le couloir, et une femme, peignoir, choucroute, se met à hurler :

– Vous pouvez pas laisser les gens dormir dans cette station, vous avez vu l'heure, non ?

Je décide de me barrer.

– Y a mon fils qui s'enfuit, dit mon père.

– Rattrapez-le, sinon vous le retrouverez jamais, dit Jacques. Est-ce que vous tenez à votre fils ?

– Je tiens plus à ma femme qu'à mon fils, c'est exact.

Voilà une belle scène de connards.

– Je vous tire mon chapeau, je leur dis en m'apprêtant à partir.

– Tu parles de chapeau, t'en as même pas, de chapeau, dit ma mère.

– À mon âge, on porte pas de chapeau. Quand on est un vieux con comme monsieur, je dis en montrant Jacques, on a plein de chapeaux. Toutes les tailles.

– Personne ne s'occupe de moi dans cette scène, dit peignoir-choucroute, y avait pas deux femmes dans votre chambre ? elle demande à Jacques.

– Pourquoi deux femmes ? il dit.

– Je sais pas, vous faites tellement de bruit...

Je me barre.

– Tu vas où ? hurle mon père.

– Voir Nicole.

– C'est qui, cette Nicole ?

– Une fille.

– Tu fréquentes les filles, maintenant ?

– Y a intérêt, j'ai quinze ans.

14

Je pars en courant et m'élance dans la nuit. J'arrive au home d'enfants, je longe les couloirs du chalet des filles jusqu'à la porte de la chambre de Nicole. Elle est entrouverte. Nicole est réveillée, elle est allongée de côté dans son lit, je vois son nez, ses yeux et ses épaules. J'entre.

— Je suis un mec qui rentre dans les chambres des filles, je dis.

— Et qu'est-ce que ça donne, ça marche ? répond Nicole.

— Ça marche rarement, mais quand ça marche, c'est énorme.

— Ça t'arrive souvent d'être con ?

— J'ai des périodes où je suis con et des périodes où je suis brillant. Le problème, c'est qu'elles sont imprévisibles, ces périodes. Là par exemple, je te regarde...

— ... et tu te dis, pourquoi on n'aurait pas un enfant ?

— Et pourquoi pas plusieurs ?

Tout est déjà en place pour une existence passionnante.

✦

Tout le reste du séjour, je rejoins Nicole dans sa chambre et on passe ensemble chaque nuit. Parfois on parle, parfois on dit rien, c'est simplement un couple.

II

JE N'AI PAS QUE L'AIR, JE SUIS BIZARRE

1

De retour à Paris, en posant ma valise dans le salon, je m'arrête et regarde fixement quelque chose. Qu'est-ce que je regarde fixement ? Je ne regarde rien fixement et c'est ça qui est étrange.

— T'as l'air bizarre, qu'est-ce qui se passe ? demande mon père.

— Je n'ai pas que l'air bizarre, je suis bizarre.

— Bizarre comment ?

— Par exemple, je pense tout le temps à cette fille.

— Mais c'est nouveau, ça, une fille que tu connais ?

— Je la connais depuis peu de temps, je t'en ai parlé au ski.

— Elle tousse ?

— Si elle veut, elle tousse, mais là je ne l'ai pas entendue tousser encore. Si elle toussait, je le saurais, vu que j'ai dormi toutes les nuits avec elle.

Ma mère va se mettre au piano, je le sens. Je pensais qu'on s'était trompé de maison mais en fait, c'est bien mon appartement, avec tous ses fantômes.

Ma mère joue quelque chose d'un compositeur inconnu.

– C'est pas du Chopin, dit mon père.

– Qu'est-ce que t'en sais que c'est pas du Chopin ? répond ma mère.

– Je le sais parce que je connais Chopin par cœur.

– Tu l'as appris où, ton Chopin ? demande ma mère.

– Avec une femme que j'aimais.

– Elle toussait ?

– Évidemment.

– Je vais dans ma chambre, je dis, d'un air menaçant.

– Ne va pas dans ta chambre ! dit mon père.

– Pourquoi ? je demande.

– Faut pas y aller. Quand on a des mauvais souvenirs dans une chambre, il faut pas retourner y dormir.

Je me mets immédiatement à tousser.

2

Je téléphone à mon copain Blumberg qui, en général, est de bon conseil. Je lui raconte : un, ma quinte de toux, deux, mon séjour à Saint-Gervais et trois, la rencontre avec Nicole.

– Ce qui m'intéresse, c'est le trois, le un et le deux, tu peux t'asseoir dessus. Elle s'appelle Nicole ?

– Mais t'es con, Blum, je viens de te le dire qu'elle s'appelait Nicole.

– J'ai hâte de la connaître et de lui montrer ce que c'est que Paris.

– Je vais pas me mettre à lui présenter des ringards, je réponds.

3

Dans ma chambre, avec Blumberg et Nicole, on écoute du jazz.

Nicole danse. Blumberg et moi la regardons danser ; c'est un spectacle. Blumberg me dit :

– Tu sais, ta copine Nicole, à mon avis, y a moyen de la calcer. Si tu le fais pas, je le ferai.

Coup de poing dans la gueule, c'est la première fois qu'on se bat. Nicole ne semble pas nous voir et continue de danser.

✦

Après leur départ, seul, j'écoute du jazz très fort sur mon Teppaz.

La porte s'ouvre.

– Tu sais que tu fais chier avec ta musique ? demande mon père.

– T'aimes pas le jazz ?

– J'aime le jazz, mais j'aime pas en avoir plein la tête. C'est Benny Goodman, là ?

– Mais non c'est pas Goodman, c'est Count Basie.

– C'est pareil, c'est du jazz.

4

Tout en roulant des hanches le long des grilles de la villa Montmorency, Nicole entraîne derrière elle des lambeaux de musique brésilienne et les battements de mon cœur. On entre dans un petit hôtel d'une autre époque : un lit qui donne sur un lavabo. L'action peut commencer. Le visage de Nicole montre qu'elle a déjà commencé. Nicole, bien que très jeune, n'a pas beaucoup de retard à rattraper. Mais elle a besoin d'un peu d'aide. C'est ce moment magique où la femme n'est plus une jeune fille mais où la jeune fille n'est pas tout à fait une femme. Elle plante ses yeux dans les miens, elle tremble, et commence l'opération « soutien-gorge à enlever ». Ce n'est pas forcément simple. Un baiser rendrait les choses plus naturelles. Nicole m'offre sa bouche. Je fais le nécessaire.

5

Dix-huit heures, rue d'Auteuil, je rentre en courant chez moi avec du rose aux joues. Il y a du monde. Je m'appuie contre le petit banc d'un arrêt de bus. Une femme de soixante ans avec un chapeau me regarde, intriguée. Elle me demande :

— Vous avez besoin d'aide ?

— J'ai le souffle court et j'ai peur, je dis.

— De quoi ?

— D'une fille.

— Elle vous a fait du mal ?

— Non, le contraire. C'est pour ça que j'ai du mal à respirer, ça bouleverse quand même. Est-ce que vous avez déjà entendu parler de la Dégraissée ?

— Non, c'est quoi la Dégraissée ?

— C'est une saloperie de boisson que mon père a inventée et qu'il fait boire aux femmes après le dîner.

— Et c'est fait avec quoi ?

— Du cognac, du marc de raisin et un soupçon de bénédictine.

– Oh, mais c'est fort ça, quand même, je viendrai pas chez vous.

– Bah, je vous invite pas. Poursuivez votre chemin, madame, je vais pas vous raconter ma vie.

6

Un dîner comme à l'accoutumée avec les Caron et les Baudrillard, des gens qui ont de la tenue, pendant un certain temps, jusqu'à ce que la Dégraissée passe à l'attaque. Ce soir, mon père a jeté son dévolu sur Lucette Baudrillard, femme épaisse et suffocante, qui d'ailleurs est ma marraine :

— Un petit digestif ? il propose.

— C'est absolument indispensable, la Dégraissée, cher ami ? elle demande.

— C'est totalement indispensable, répond mon père, c'est ce qui vous fait digérer.

— Je ne digère pas, je restitue tout… avec la Dégraissée. Je n'ai de problèmes avec aucune boisson, j'ai des problèmes uniquement avec la Dégraissée, elle dit.

— Ça suffit, dit ma mère, laisse-la tranquille, tu vois bien qu'elle est pas d'attaque pour une Dégraissée. Ça va encore finir en lâcher de renards.

Mon père se tourne vers Lucette :

— Tu connais l'expression « lâcher de renards » ?

— C'est pas drôle, c'est pas drôle. Pourquoi tu cherches toujours à faire rire ? répond Lucette.

Mon père lui tend le verre de Dégraissée. Elle le boit. Une minute plus tard, elle se lève, blafarde, et fonce en direction des chiottes.

— Aux abris ! crie mon père en courant lui aussi après son amie.

Je pars moi-même en courant dans ma chambre. À peine réfugié, j'entends la grosse dame époumonée qui suffoque et vomit partout et ma mère qui hurle du salon :

— Arrête avec ta Dégraissée !

— Mais arrête, maman, je dis, arrête, tu vois bien qu'on s'amuse, on est une bande de jeunes.

Elle arrive comme une furie dans ma chambre et me balance une baffe.

7

Mon père charge ses bagages dans le coffre de la voiture. Ma mère, qui apporte une dernière valise, s'efforce de sourire. Un départ de plus, c'est ce qu'on appelle la vie d'artiste. On remonte sans un mot. L'appartement semble vide et ma mère un peu perdue.

Quelques heures après le départ de mon père, je décide d'aller voir ce bon vieux Blumberg. En descendant l'escalier, j'aperçois un homme en pardessus qui monte péniblement les marches. C'est Jacques, le bronzé du Bettex. Quand j'arrive à son niveau, je lui demande :

— C'est ma mère que vous cherchez ?

— Pourquoi je chercherais ta mère ?

— Une attirance...

C'est un homme qui prend toute la place, un mur de loden, impossible de passer.

— Tu permets ? il me dit.

— Sixième étage, je réponds.

8

— À chaque fois que tu viens chez moi, tu tires la tronche. Qu'est-ce qu'il se passe ? me demande Blumberg.

— Il se passe qu'il y a un mec dans mon escalier avec un pardessus en loden vert.

— Et alors, tu le connais ?

— Oui, j'étais au ski avec lui. Il va voir ma mère parce que mon père est en tournée pour trois mois.

— C'est de la drague ?

— Évidemment que c'est de la drague. Qu'est-ce que tu ferais, toi ?

— Je lui casserais la gueule.

— Mais je peux pas, il est gros et lourd.

— Je viens avec toi et on lui tombe dessus tous les deux. On y va tout de suite.

— J'ai besoin de parler à mon père, d'entendre sa voix. Je peux me servir de ton téléphone ?

— Va dans le bureau de mon père, tu seras tranquille.

Je suis dans un bureau de médecin qui ressemble à un

bureau de médecin. Je téléphone à mon père qui se trouve à Dijon, hôtel Mercure.

— Tu as un problème ? demande mon père.

— Papa...

— Oui, répond mon père, c'est papa...

— Quand est-ce que tu viens nous voir ?

— J'ai cinq cents personnes qui m'attendent tous les soirs, je peux pas les abandonner. Comment va ta mère ?

— Elle est bizarre.

— Bizarre comment ?

— Comme d'habitude.

9

Comme deux pseudo-cambrioleurs, Blumberg et moi, on entre dans l'appartement dans lequel j'habite pour chercher si quelqu'un ne s'y serait pas introduit armé de mauvaises intentions. Il y a beaucoup de portes à ouvrir et, à chaque fois, c'est la même angoisse : qu'y a-t-il derrière la porte ? Dans la chambre de ma mère, le lit est défait pour laisser la place à un gros mec qu'on a rencontré sur une terrasse au Bettex. Jacques.

— Tu cherches ta mère ? il demande.

— Nan, c'est vous que je cherche, je réponds.

— Je suis là.

— On peut savoir ce que vous faites ici, dans notre appartement ?

— Je me suis introduit.

— Mais vous vous êtes introduit pour quoi ? Qu'est-ce que vous cherchez ?

— Un parfum.

— Vous cherchez surtout à foutre la merde.

— Ta mère est heureuse quand elle me voit. Ce sont des histoires de grandes personnes, tu ne peux pas comprendre.

— Y a des trucs que je comprends, y a des trucs que je comprends pas. Je comprends pas pourquoi ma mère serait en amitié avec un type comme vous. Elle est où ma mère, d'ailleurs ?

— Peut-être qu'elle a un amant... Faut penser à ces choses-là, ça arrive parfois.

À ce moment, je me dis que c'est vraiment dommage que je n'aie que quinze ans, parce que si j'en avais dix-sept, je lui mettrais mes deux pieds dans la gueule. À la place, je fonds en larmes.

— Ah non, tu vas pas pleurer, dit Jacques. Est-ce que je pleure, moi ? Et pourtant, j'ai des raisons de pleurer. Ma vie a été lamentable et maintenant je me fais mépriser par un moussaillon de quinze ans. Ça t'ennuie pas que je te traite de moussaillon ?

— Non.

— Vous voulez que je vous raconte comme ma vie a été lamentable ? Mon père par exemple, mort à quarante-deux ans, on n'a jamais su pourquoi. Ma mère, vieille dame, insupportable, mais qui ne meurt pas. Moi, opéré à trente-deux ans à la suite d'un faux diagnostic.

— Mais vous avez une femme ? demande Blumberg.

— Quelle femme accepterait de vivre avec un mec comme moi ? répond Jacques.

— C'est pas une raison pour aller foutre le bordel dans des stations de ski. À part la connerie, vous avez une spécialité ? je lui demande.

— Je vends des machines à laver.

— À qui ?

— À des femmes, dont certaines parfois sont charmantes.

Vous ne devriez pas mépriser les machines à laver. C'est rarement en panne, ça marche très longtemps.

Il se tourne vers Blumberg :

– Tu me trouves sympathique ?

– Vous êtes sympathique mais limite mou quand même, répond Blumberg.

On éclate tous les trois de rire... On se serre la main.

– Ravi de vous avoir rencontré, dit Blumberg qui s'apprête à partir.

– Il faudrait qu'on se revoie, ajoute Jacques. Mon magasin est à la porte de Champerret, si vous passez par là, n'hésitez pas, je suis là tous les jours.

10

Juste après le départ de Blumberg, j'entends ma mère rentrer. Jacques et moi nous taisons. On écoute les bruits qu'elle fait. Elle pose les courses dans la cuisine, enlève ses chaussures et nous rejoint dans la chambre.

– Qu'est-ce que tu fais là, toi, tu ne devais pas passer l'après-midi chez ton ami ? elle me demande.

– Y a des enfants parfois qui aiment savoir ce qu'il se passe dans leur famille, je dis. Ils ne posent de questions à personne, mais ils observent.

– Qu'est-ce que tu observes ? dit Jacques.

– Un désordre généralisé, des gens qui ne se rendent pas compte.

– Pas compte de quoi ?

– Du danger.

– Quel danger ?

– Une menace.

– Tu es menacé ?

– Vous pouvez pas me parler aimablement ? je dis.

Je vous prie de m'excuser mais j'ai pas envie de m'éterniser des heures sur cette conversation.

Je les quitte avec enthousiasme.

11

Tous les jours, j'écoute du jazz dans ma chambre qui est devenue l'endroit le plus swing de Paris.

On frappe, Jacques entre, s'assoit à côté de moi et dit :

– C'est bien ton truc. C'est Slam Stewart ?

– Oui, vous connaissez ?

– Demain, je t'apporterai un truc que t'as jamais entendu de ta vie, Slam Stewart qui joue avec Charlie Parker et Dizzy Gillespie.

– Vous aimez le jazz ?

– Qui n'aime pas le jazz ? Les cons.

Il ajoute :

– J'ai rencontré une femme récemment...

– Elle était comment ?

– Sublime.

– Jeune ?

– Jeune, parce qu'autour d'elle il y avait un climat merveilleux, un ciel très dégagé, quelques nuages bourrés d'espoir.

– Vous parlez comme dans une chanson de Gilbert

Bécaud. Ce que vous venez de me dire là, sur ma mère, est au-delà du possible et du supportable.

– Tu me parles comme à une merde actuellement, dit Jacques.

– Exact, je réponds.

– Méfie-toi, parce qu'un jour tu peux tomber sur un mec qui n'aime pas qu'on lui parle comme ça. Jusqu'à présent, j'ai fait des efforts énormes pour être sympa, mais là je perds tous mes déguisements et je vais retrouver ma vraie nature qui est d'être un salaud doublé d'un enfoiré.

– Je pense que mon père sera ravi de l'apprendre.

12

— Allô papa ?

— Oui mon chéri.

— J'ai des nouvelles de maman à te donner.

— Quelles nouvelles ?

— Elle est heureuse.

— Je te crois pas.

— Y a quelqu'un qui rôde...

— C'est un ami ?

— Pas vraiment...

— Faudrait que je rentre alors ?

— Ça me paraît une bonne idée.

— Je regarde les horaires de train.

13

Je suis en train de m'endormir quand ma mère entre dans ma chambre. Elle est en chemise de nuit et, dans cinq minutes, elle va pleurer. Moi aussi.

— On peut savoir pourquoi tu pleures ? je demande.

— Tu veux pas que je sois heureuse ? elle dit.

— Je veux bien que tu sois heureuse mais je veux que mon père le soit aussi.

— Ça fait des années que je vis parmi vous comme un fantôme triste et silencieux, parfaitement invisible. Aujourd'hui, je goûte enfin un peu au bonheur et c'est la première fois que vous faites attention à moi. Une femme, c'est fait pour être regardée. Et en ce moment, il y a quelqu'un d'autre qui me regarde. Tu sais ce qui va se passer, Jean-Michel. Ton père va nous rejoindre, Jacques va partir, et je vais redevenir celle que vous connaissez, une maison vide. Et tout ça sera un peu de ta faute.

Je la serre dans mes bras, et elle se laisse serrer. C'est ma mère et je viens de la rencontrer.

III
ÇA SE VOIT SUR MON VISAGE

1

On est samedi soir et, ma mère et moi, on attend mon père sur le quai de la gare. Il descend du train, il est content de me voir. Il est content aussi de revoir ma mère. Il la serre contre lui. Je prends des distances. L'évènement est assez rare pour être encouragé.

On décide d'aller dîner au Train bleu. À ma grande surprise, le climat est léger. Ma mère est assise à côté de mon père, et moi je suis tout seul en face. Je pense à Nicole et au petit hôtel dans lequel nous avons pris l'habitude de nous retrouver. J'irai demain. Mon père a les yeux braqués sur moi. On dirait qu'il devine chacune de mes pensées. Ma mère sourit, et même parfois rit, je ne l'ai jamais vue aussi charmante. Est-ce que le bonheur serait de retour ?

2

Avant de dormir, dans la pénombre de ma chambre, je pense à Nicole quand mon père me rejoint et s'assoit sur le lit. J'ai ses gros yeux plantés dans les miens.

– Ça va ? il me dit.

– Évidemment que ça va. À quinze ans tout est beau, la vie est belle.

J'attrape un mouchoir pour m'essuyer les yeux.

– Tu serais pas un peu amoureux de cette fille ?

– Mais tu le sais bien que je suis amoureux, je crie, ça se voit sur mon visage, regarde mes yeux !

– Un père, ça lit dans les yeux de son fils. Alors bon raconte-moi, vous allez où après les cours ? Quand tu me dis que tu ramènes Blumberg après les cours, je pense que tu fais un petit détour avec... comme elle s'appelle ?

– Nicole.

– Où est-ce que vous vous retrouvez ?

– Dans un hôtel, quelle question !

Silence.

– Excuse-moi, je suis un peu bouleversé par ce que tu

viens de me dire, dit mon père. Je te félicite, hein, pour l'instant c'est toi qui tiens la route. Il faut garder la route, faut pas en sortir.

3

J'attends Nicole à notre hôtel. Dans la chambre où périclite une plante verte, j'esquisse quelques pas de bop. J'entrouvre la porte pour jeter un œil dans le couloir et aperçois Nicole qui arrive, l'air décidé. Je recule pour me planquer derrière la porte, elle entre sans me voir. Je la touche, elle sursaute, tombe dans mes bras, tout à coup, on est un peu gênés. Elle porte un sac de chez Gibert et me montre les livres qu'elle vient d'acheter. Naturellement du Stefan Zweig.

— Tu connais Stefan Zweig ? elle me demande.

— Évidemment que je le connais. Et toi tu connais Duke Ellington ?

— Évidemment que je le connais.

— Tu l'as vu en concert ?

— Non.

— Si Duke Ellington passe à Paris, je t'emmènerai le voir.

— Et ta mère, comment elle va ?

— Sois gentille, ne me parle pas de ma mère.

— Pourquoi ?

— Parce que ma mère, c'est sacré, et j'ai pas envie qu'une fille que je connais à peine me parle de ma mère comme d'une chose qui serait un bien commun. C'est ma mère, elle fait ce qu'elle veut, et si elle veut prendre un amant, elle en prend un. Et moi je ferme ma gueule, et toi aussi.

— Mais je suis d'accord, je suis d'accord, dit Nicole en avançant le menton. Ce qui est important, c'est de bien définir les terrains. Moi, je parle pas de ta mère, et toi, tu fermes ta gueule sur tout le reste des sujets qui seront abordés.

— On peut pas parler des garçons dont t'as été amoureuse ?

— C'est hors de question.

Et elle ajoute :

— Quand j'ai été en Angleterre, je dois dire, j'ai fait un écart.

— Les filles, elles ont toujours un écart à raconter. Surtout quand elles reviennent d'Angleterre.

— Et toi, t'as pas fait d'écart ?

— Quelques-uns, mais sans gravité.

— Ça veut dire quoi, un écart sans gravité ?

— Eh ben...

— Tu dis des choses et tu sais pas ce que tu dis, t'es pas foutu d'aller à la fin de ta phrase, sur un sujet moteur en plus, s'énerve Nicole.

— Tu viens de me parler, là ? J'ai pas vraiment fait attention à ce que tu disais, car j'étais concentré sur un problème d'anatomie appliquée, je dis en glissant ma main entre ses jambes.

— Enlève ta main s'il te plaît, Jean-Michel. On n'en est pas là. On est ou au-dessus, ou en dessous. Quand on y sera, je te ferai signe.

Nicole soulève sa robe face à moi, m'enfermant dans un piège infernal. On échange quelques caresses maladroites et on fait valser les draps.

4

En rentrant de mon rendez-vous avec Nicole, j'entends des rires qui viennent du salon. Jacques, mon père et ma mère sont assis autour de la table basse où trône la bouteille de whisky.

— Vous pouvez pas arrêter de rire un peu ? je dis à l'assemblée.

— Pourquoi est-ce qu'on devrait arrêter de rire ? demande mon père.

Le gros Jacques dit :

— On a mis une bouteille de whisky sur la table, on l'a regardée sans la toucher. Mais quand on regarde trop une bouteille, y a toujours un connard qui veut l'ouvrir. Donc on l'a ouverte et on l'a pratiquement finie. Et donc, là, on est, comment dire, bourrés. Faudrait trouver une autre bouteille, tu sais où y a une autre bouteille ? C'est quand même ton appartement.

— Vous êtes alcoolique ? je lui demande.

— Oui, il répond.

— Ça se voit quand on vous regarde, le visage est un peu

boursouflé, les pommettes notamment. Que vous rigoliez parce que vous êtes bourrés, moi personnellement je trouve ça plutôt sympathique, mais que vous rigoliez parce que vous vous foutez de ma gueule – là, je m'adresse à mon père ici présent –, si tu ris parce que tu te fous de la gueule de ton fils, je me permets de dire que c'est une image atroce et que ça laissera des traces.

— Écoute, mon garçon, il faut qu'on t'explique un truc. C'est ta mère qui te parle, là.

— Et qu'est-ce qu'elle me dit, ma mère ?

— Elle te dit qu'en ce moment, personne se moque de toi. On se moque de la vie.

— Qu'est-ce qu'elle a, la vie ? je demande.

— C'est de la merde. T'as pas compris ça encore ? T'as pas compris en regardant le visage de ta mère que c'était écrit partout ? Là, par exemple, en ce moment, tu te rends pas compte, mais c'est toi qui te moques de nous, parce que tu fais partie des jeunes qui pensent que les vieux n'ont pas le droit de rire. Nous, on rit parce qu'on est des cons. Toi, t'es pas encore un con. Mais tu te moques de nous, en particulier de ta mère. Qu'est-ce que tu me reproches ?

— D'être une femme partagée, je dis.

— Toutes les femmes sont partagées, elle répond.

— Partagée comment ? je demande.

— Entre des hommes qui existent, et des hommes qui n'existent pas mais qui pourraient exister, dit ma mère.

— Eh, dis donc, petit con, intervient mon père, excuse-moi de t'appeler petit con mais ça te va comme un gant, là. Tu nous tailles un costard de cavaleurs-partouzards-alcooliques alors que, y a pas plus d'une heure, je t'ai surpris en mauvaise posture dans un hôtel de passe, en compagnie d'une demoiselle dont nous ne savons rien, sinon qu'elle est très jolie et que nous te félicitons.

– Tu m'as suivi ? je demande à mon père.

– Un père suit toujours son fils.

Je crie :

– Maman !

Elle vient jusqu'à moi et me serre contre elle. C'est à ce moment-là que je prends le chemin de la sortie. Il faut savoir utiliser ses avantages. Là, je tiens un groupe de trois adultes dans le creux de ma main, j'ai qu'à serrer un tout petit peu et ils craquent. La dernière image de ma mère que j'emporte avec moi dans ma fuite, c'est celle d'une femme éplorée, coupée de ses bases, à savoir : une éducation bourgeoise, petite famille, petite bourgeoisie, province ; et moi, perdu aussi. Je comprends que tout ce qui me viendra de bon dans la vie sera apporté par ma mère, mais aussi peut-être par mon père, dont je vois les gros yeux effarés porter difficilement ses valises de tendresse.

5

En bas de mon immeuble, un mec en patin à roulettes s'arrête devant moi.

— Qu'est-ce que tu fous, tu peux pas faire gaffe ? Pédé ! je crie, en restant immobilisé par mon culot. Le type me regarde très méchamment.

— Vous voulez que j'appelle mon père ? il me dit.

— Qu'est-ce qu'il fait, votre père ?

— Il est commissaire.

— Commissaire de quoi ?

— De police.

— C'est intéressant ?

— Quoi ?

— Comme boulot ?

— Vous allez vous barrer là, avant que je sorte mes arguments ?

— Votre mère travaille ? je demande.

— Non, pourquoi ?

— Parce que la mienne ne travaille pas non plus. Et je

pense que c'est mauvais pour les femmes de ne pas travailler. Notre boulot à nous, c'est de les protéger.

— Qui ça ?

— Nos mères, elles sont fragiles. Elles savent pas où elles vont. Mais elles y vont.

— Moi, la mienne, elle y va pas.

— Pourquoi ?

— Parce qu'on l'a déposée à sa dernière adresse, cimetière de Tarabusque.

— Oh, mon pauvre vieux, désolé.

— Si vous parlez à des gens dans la rue que vous connaissez pas, une fois sur deux vous avez un deuil. Et des larmes qui demandent qu'à couler.

Il me présente son visage dégagé et ajoute :

— Vous les voyez, les larmes dans mes yeux ? Vous allez arrêter de m'emmerder maintenant ? Tenez, je vous donne ma carte. Si jamais un jour votre mère vient à décéder, vous pouvez toujours passer me voir, on boira.

6

Jacques nous emmène, Nicole, Blumberg et moi, à l'Olympia, voir Sidney Bechet. On monte les escaliers vers la musique qui soudain va exploser dans la lumière. On arrive à la corbeille, pas de place assise. Obligés de s'asseoir par terre. Je suis à côté de Jacques et tire un bout de son imperméable :

— C'est vraiment formidable, hein, je savais même pas que ça existait.

— Y a d'autres trucs formidables qui existent et que tu connais pas, me répond-il.

— Quoi par exemple ?

— Les machines à laver.

— Pourquoi vous me parlez de machines à laver ?

— C'est ma croûte.

— Moi, je m'en fous, des machines à laver.

— Y en a des bonnes.

7

Après un rapide dîner dans un restau italien, on suit Jacques qui tient absolument à nous montrer l'univers sur lequel il règne : Arthur Martin, Miele, Electrolux, Bosch, Whirlpool, Siemens... Quarante modèles en batterie qui déchirent le brouillard de la nuit. Jacques est au paroxysme de l'excitation. Il nous fait une démonstration de lavage avec plusieurs machines en simultané.

– Écoutez bien, il nous dit, on dirait que c'est Sidney Bechet qui joue.

On tend l'oreille vers le vrombissement des appareils et on entend le rythme sourd des musiciens qui se déchaînent.

– Vous les entendez, vous les entendez, insiste Jacques ?

– Je les entends, dit Blumberg.

– Vous passez quand vous voulez, on joue tous les soirs, dit Jacques.

– Vous jouez d'un instrument ? je lui demande.

– Non, j'aurais aimé, mais ma mère n'écoutait que de l'opéra.

– Ça fait chier l'opéra, hein ? je dis.

— Et comment ! répond Jacques.

Nicole lève le doigt :

— Citez-moi un seul opéra qui soit pas emmerdant.

— Bah *Carmen*, dit Blumberg.

— *Carmen* est emmerdant, plus que tous les autres ! dit Nicole. Tu prends l'ascenseur, paf, t'as *Carmen*. Tu prends l'autobus : *Carmen*.

— Arrêtez, quand la Callas chante *Carmen,* c'est grandiose quand même, dit Blumberg.

— C'est grandiose mais j'écoute pas, je dis. Je préfère les matchs de foot.

— Vous pouvez pas arrêter de jacter cinq minutes, nous interrompt Jacques, j'ai l'impression que j'ai une Arthur Martin qui coince, je vais jeter un coup d'œil.

— Ce mec est improbable, je dis à mes camarades, ça n'existe pas un mec comme ça.

— Ils ont fait un lâcher de mecs comme ça, y a pas longtemps, au Jardin des plantes, pour voir si certains pouvaient se réintégrer dans la faune sauvage, dit Blumberg. Et aucun n'a abandonné sa forêt. Donc lui, il restera dans les machines jusqu'à la fin de sa vie. On pourra, au maximum, lui demander un jour de faire un cycle rapide, mais c'est tout.

8

Après le concert de machines à laver, on se balade seuls avec Nicole.

Elle me regarde :

— Où est-ce que tu m'emmènes ?

— Je sais pas, où tu veux aller ?

— T'as pas un autre hôtel plus confortable que le nôtre ? Ou alors, si t'en as marre d'aller à l'hôtel, ce que je comprendrais très bien, tu peux me baiser dans la rue. Et si t'en as marre de moi, ce que je comprendrais aussi, tu peux me laisser tomber et je trouverai très rapidement un crétin qui prendra ta succession.

— Ça t'arrive souvent de parler comme ça ? je lui demande.

— Ça m'arrive.

— Tu peux pas avoir une pléthore de prétendants parce que, contrairement à ce qu'on croit, les hommes aiment bien l'élégance.

Elle se colle contre moi et me donne un baiser.

— Épouse-moi, elle dit. Je te l'ai déjà dit mais, si tu veux, je te fais un enfant, même plusieurs. À moins que t'aimes pas les familles nombreuses, auquel cas, moi non plus. Père, mère, papy, mamie, ça fait l'équivalent d'un déjeuner de famille par an avec un cadeau, qui en général est toujours un mouchoir.

Je m'écarte :

– Oui, mais là j'ai le tournis, je suis pas en état d'ajuster mon tir. Là je peux pas viser, je vais être à côté, je vais être dans la hanche. Faut m'aider.

– Je te prête un mouchoir si tu veux, j'en ai un qu'on m'a offert à un déjeuner de famille, il m'a rarement servi. Si tu veux que je me taise, dis-le, c'est pas la peine de prendre l'air compassé. Les enfants, j'en parlais comme ça, mais c'est pas une obligation.

– On n'est pas obligés de leur taper dessus, je dis.

– On n'est pas obligés, mais c'est quand même sympa de frapper un enfant. Un petit, là, qui tend les bras et dit : maman, papa, paf une tarte dans la gueule.

– Je vais te dire un truc, Nicole, c'est Nicole, ton nom ? Si je me goure, dis-le. J'ai bien le droit de me gourer, j'ai connu tellement de filles, y a un moment, ça se chevauche un peu. Par exemple Monique, tu te souviens pas de Monique ?

– Mais je peux pas m'en souvenir, je l'ai pas connue.

– Je vais t'en parler. C'était une grosse qui avait peur de rien. Pas de chambre d'hôtel, on allait dans sa caravane. Elle avait une caravane. C'est bien les caravanes. Même à l'arrêt, on a l'impression que ça bouge.

– Voilà le mouchoir dont je t'ai parlé, dit Nicole en le tendant vers moi.

– Elle a pas besoin de mouchoir, elle en a dans sa caravane.

— T'es en train de me séduire ? J'ai jamais rencontré un mec aussi mal élevé que toi. Parler comme ça à une princesse, c'est plutôt moche.

— T'as vu une princesse, toi, dans le secteur ? je demande.

— Y en a, faut savoir regarder. Tes yeux, faut t'en servir. Tes yeux et puis ton nez. Parce qu'il faut mettre l'image et l'odeur, les deux additionnés, sinon t'as pas la princesse. T'as une bonne femme qui revient de ses courses, elle a des poireaux dans son sac.

— Oui mais l'odeur, dans la rue, elle s'évapore, alors que dans la caravane, elle s'incruste.

— On va pas passer la soirée à parler de caravanes. Nous, on n'en a pas dans ma famille. On a des voitures allemandes, des Audi. Mon père est diplomate, il peut pas arriver à une conférence importante en caravane. On peut peut-être s'arrêter là, passer à un autre sujet. Tu veux pas fermer ta braguette, là ? Parce que, pour l'instant, on dirait un mec qui secoue son mouchoir à la fenêtre du train.

— T'as encore beaucoup de conneries à dire ? Tu veux pas que je t'emmène dans un train ?

— Quel train ?

— N'importe quel train. Parce qu'un jour, je deviendrai un vieux con prétentieux, et je me souviendrai de cette fille, dont j'ai oublié le nom mais pas le sourire qui était charmant, et que j'ai emmenée contre son gré dans un train qui démarrait, direction l'Italie. On a baissé les rideaux et personne n'est venu nous déranger. Et là je me suis dit : dommage que Blumberg soit pas là, parce que vraiment, cette gamine à déshabiller, c'est une merveille. Mais Blumberg, il est con, il est jamais avec une fille, il est toujours avec un saxophone alto de l'orchestre de Count Basie...

9

Les parents de Nicole habitent ce qu'il reste d'un hôtel particulier naguère flamboyant, dans une petite rue du 16e arrondissement. Nous entrons dans le jardin, la grille s'ouvre en silence, Nicole m'entraîne dans un escalier qui monte vers ses rêves de jeunesse.

Cette fille, je me dis, je ne vais pas la laisser s'enfuir. Même si ça doit me coûter une fortune que je n'ai pas.

Une porte s'ouvre sur un palier et une femme apparaît, avec un visage dévasté par le temps.

— C'est ma gouvernante, Hilda, dit Nicole. Qu'est-ce que vous voulez, Hilda ?

— Vous faites beaucoup de bruit, répond Hilda. On vous entend jusqu'en cuisine.

— Qu'est-ce que vous faites en cuisine à cette heure-là ? demande Nicole.

— Je prépare l'encas de votre mère.

— Rajoutez deux assiettes.

On prend un autre escalier qui descend vers la cuisine, Nicole m'emmène par le bras. Je vois une femme seule en déshabillé de soie, assise à une grande table avec devant elle de quoi se restaurer. Poulet, fromage, vin rouge. Je m'arrête devant elle, elle me regarde et demande :

— Vous êtes Jean-Michel ? J'ai beaucoup entendu parler de vous.

— Vous êtes belle, je réponds.

Elle tend une assiette :

— Poulet en gelée, ça vous intéresse ?

Par timidité, je ne réponds pas et je prends la fuite.

— T'as pas répondu pour le poulet en gelée, t'en veux ou t'en veux pas ? me dit Nicole, qui m'a suivi.

— C'était proposé gentiment, je dis.

— Très gentiment, dit Nicole.

On retourne à table, on s'assoit et on dîne.

— Vous voulez un petit coup de bordeaux ? demande la mère.

— Ah oui, volontiers, je réponds.

— Quel âge avez-vous ?

— Actuellement, je me sens plutôt autour de quinze, mais parfois je peux atteindre seize ou dix-sept et même faire des pointes.

— Vous avez l'intention de faire quoi plus tard dans la vie ?

— Je ne sais pas. Ça inquiète particulièrement mon père.

— Pourquoi ?

— Les parents n'aiment pas quand les enfants n'ont pas d'objectif.

— Vous ne voulez pas être acteur ?

— Oh non, grâce au ciel !

— C'est un beau métier, acteur.

— Une folie, oui.

— Est-ce que vous aimez les femmes ?

— Qu'est-ce que vous voulez aimer d'autre ?

Un homme élégant aux cheveux gominés entre dans la salle à manger.

— Est-ce que vous m'offrez un verre de vin ? J'ai terriblement envie d'un verre de vin, il dit.

Je me lève et lui sers son verre. Il a la main qui tremble.

— Je suis le père de Nicole, dit le vieux monsieur. Vous n'allez pas me la prendre ?

Je réponds :

— Quand on a des jeunes filles charmantes, elles s'en vont, elles mènent leur vie.

On est rejoints par un jeune homme d'environ seize ans qui traverse la cuisine sans s'occuper de nous. Il se contente de se remplir un verre de vin, le boit, et sort.

— C'était mon frère, dit Nicole.

— Nicole, t'as pas quelque chose à me raconter ? demande le père.

— Une fille, ça raconte pas tout. Ça garde ses secrets, répond Nicole.

— Oui, mais un père, ça s'inquiète, dit le père.

— T'as aucune raison de t'inquiéter, dit Nicole.

Le père me tend la main et dit :

— Au revoir, monsieur, j'étais ravi de vous connaître.

Je me lève, claque des bottes imaginaires à la Stroheim et prends congé. Dans la rue, je me sens bien seul. Je me retourne vers l'hôtel particulier qui est fantomatique dans la nuit. Nicole arrive en courant vers moi et dit :

— On se marie ?

10

Le week-end suivant, je vais passer une nuit à Lyon pour voir mon père jouer au théâtre. Je ne lui ai pas dit que je venais, je veux lui ménager la surprise. Je me présente au contrôle du théâtre et je demande une place pour aller voir mon père. La salle peut héberger huit cents personnes, elle est pleine. Je suis assis sur un strapontin en fin de vie.

Mon père entre sur la scène dans un fauteuil roulant poussé par une jeune actrice. Le trajet se termine au bord du plateau, à la limite de la chute. Gag probablement répété tous les soirs. Les gens se marrent et applaudissent, c'est le cirque.

À la fin de la représentation, je vais voir mon père en coulisses. Je le trouve avec la jeune actrice sur les genoux.

— Ne regarde pas, me dit mon père.

— Je ne regarde pas, je réponds, je m'en doutais.

11

Le soir, on dîne avec l'actrice dans un bouchon lyonnais. Après le dîner, la fille nous précède dans les couloirs de l'hôtel. On la suit. Elle soulève sa jupe pour qu'on puisse profiter de la vue sur ses chevilles. Elle entre dans une chambre et referme la porte. On s'arrête.

— Je voulais te poser une question, Jean-Michel, dit mon père, c'est bien Jean-Michel ton prénom ?

— Oui, je m'appelle Jean-Michel, tu le sais bien, c'est toi qui m'as déclaré à la mairie.

— Dans la chambre là, tu vois, il y a une fille qui est entrée et qui est en train de se mettre à l'aise. Comment tu la trouves ?

— Laisse-moi rentrer que j'examine les données du problème.

Je rentre seul dans la chambre qui est à peine éclairée par une toute petite lampe de chevet. La fille est à moitié déshabillée, elle me regarde depuis les profondeurs du lit. Elle me tend la main.

— Pourquoi tu pleures ? elle demande.

— J'ai une vie difficile.

L'actrice libère ses seins de sous les draps et, en souriant, me dit :

— Dans deux minutes, la situation va s'améliorer.

— J'ai des problèmes avec mon père, j'ai des problèmes avec ma mère et j'ai même des problèmes avec des gens que je connais pas et que j'ai jamais rencontrés. Ce qu'il faudrait, c'est que je rencontre une fille.

— Une actrice ? demande l'actrice.

— Pas forcément une actrice. Ça peut être une modiste, une travailleuse de la dentelle, une scientifique...

— Comment tu trouves mes seins ?

— Émouvants. Et comment tu trouves mon père ?

— Lourd.

— T'as pas une copine ?

— Oui, j'en ai une, si tu veux je t'emmène chez elle.

— Oh, oui, ça me plairait. Elle habite loin ?

— Non, c'est à cent mètres. C'est une fille, elle se réveille même pas quand un mec vient dans son lit. Elle l'accueille, elle est toujours d'accord.

— Oui, mais moi je suis très jeune.

— Faut grandir, faut pas perdre de temps.

— Je me dépêche, je me dépêche mais...

— Barre-toi, t'es con, tu sais pas y faire avec les femmes. C'est pas compliqué une femme. Faut la gâter, lui faire plaisir et puis c'est tout.

Je sors dans le couloir, je croise un mec et lui dis :

— Faut la gâter, lui faire plaisir et puis c'est tout, voilà.

IV
UN TOUR À TRAPPES

1

C'est la nuit, Nicole marche seule dans le bas de l'avenue Foch, vers la porte Dauphine. « Je me suis donnée. Je me suis donnée à un garçon que je ne connaissais pas il y a quelques mois. C'était bien. J'ai l'intention de recommencer le plus rapidement possible. Nous allons dans un petit hôtel sans prétention, sinon celle de véhiculer notre amour. Au début, on pourrait dire que tous les garçons sont maladroits. Mais petit à petit, il trouve des astuces pour me réveiller et faire de moi une femme. Si j'avais su que c'était aussi génial, j'y serais allée plus tôt. Pas la peine d'attendre d'avoir seize ans. Je ne savais pas qu'un garçon, quand il se déshabille, c'est presque aussi beau qu'une fille. Ça donne envie. J'espère que ma mère a connu la même chose que moi. Pas forcément avec mon père. »

Nicole se trouve à une porte de Paris, où, même quand l'endroit a l'air désert, on s'aperçoit facilement, quand on s'arrête pour refaire un lacet de chaussures, qu'il y a des hommes qui surgissent de partout. Des vrais hommes ou des faux, à pied ou dans des voitures. Un gendarme motorisé s'arrête à sa hauteur et enlève son casque, il a une bonne tête de père de famille :

— Vous êtes toute seule ? demande-t-il.

— Oui, répond Nicole.

— Vous savez que c'est dangereux pour une jeune fille comme vous de traîner la nuit dans cet endroit ? Vous savez où vous êtes ?

— Non.

— Porte Dauphine, vous connaissez la porte Dauphine ?

Elle regarde autour d'elle :

— Tout le monde connaît la porte Dauphine.

— Et ça ne vous fait pas peur ? dit le flic.

— Un peu.

— Vous êtes en train de rentrer chez vous, là, chez vos parents ?

— Évidemment.

— Dépêchez-vous alors, vous n'êtes pas obligée de traîner pour faire ce trajet.

— Vous voulez me déposer ?

— Nous n'avons pas le droit de rendre des services particuliers. Vous n'êtes pas en danger ?

— À un moment, on est tous en danger.

— Je vais me garer au coin de la rue et je vais vous surveiller, je vous donne quinze minutes.

Le gendarme s'éloigne, Nicole continue son chemin. Des voitures ralentissent, la frôlent et disparaissent.

— Je peux vous déposer quelque part ? propose un loubard de service depuis l'intérieur d'une voiture dont il a baissé la vitre.

— Volontiers, répond Nicole.

Elle monte. Il lui tend une cigarette. Elle l'accepte et

l'allume. Démarrage. Nicole regarde à la dérobée le jeune homme qui ne lui déplaît pas.

– J'habite dans le haut de l'avenue Mozart, lui dit-elle.

Un peu plus tard :

– C'est au 40, vous pouvez vous arrêter là.

Elle descend. Le loubard aussi. Il l'accompagne jusqu'à la porte de l'hôtel particulier des parents de Nicole. Ils s'arrêtent.

– Vous cherchez ce que vous allez me dire ? dit Nicole. Moi, je sais ce que vous allez me dire : « Quand est-ce qu'on se revoit ? »

– Moi je vous revois quand vous voulez, dit le loubard. Il vous suffit de vous manifester.

2

Nicole sonne à la porte.

— Venez avec moi, je vais vous présenter à mes parents, vous allez voir, on est une famille très chic.

Ils entrent et tombent sur Jean-Michel en train de parler avec le père de Nicole.

— N'ayez pas peur, dit Nicole au loubard, l'atmosphère est un peu tendue mais il faut vous mettre à la place de mes parents, je leur ramène tout le temps des mecs, ils en ont marre.

— N'écoutez pas ce que dit cette fille, dit Jean-Michel, elle passe son temps à se démolir. Depuis les vacances de Noël, elle a ramené un seul mec et c'est moi. Moi, elle me garde. Et je vais l'épouser, sauf si ses parents s'y opposent. Vous vous y opposez pas, les vieux ? Et lui, il s'y oppose ? C'est qui ce mec ?

— C'est un loubard, je l'ai rencontré dans la rue, dit Nicole.

— Il t'a agressée ? demande Jean-Michel.

— Pas du tout, il a été très sympathique, répond Nicole, ça serait bien de lui proposer quelque chose à boire d'ailleurs.

— Venez dans la cuisine, mon garçon, dit Jean-Michel.

Ils vont tous dans la cuisine et sortent une bouteille de Valstar.

Jean-Michel dit :

— Vous aimez ça ? C'est de la Valstar, la bière la moins chère, la bière des clodos.

— J'adore cette bière ! dit le loubard.

Le père de Nicole allume une cigarette.

— Vous m'en filez une ? demande le loubard.

— J'ai que des Gauloises, dit le père.

— Ça me ferait plaisir de goûter une américaine, dit le loubard. Je dis pas ça pour votre fille, elle est pas américaine, mais je voudrais bien la goûter quand même.

Un cri retentit dans la cuisine. C'est Jean-Michel.

— Ça suffit comme ça ! gueule-t-il les poings dressés en avant. Vous voulez que je vous en colle une ?

Le loubard lui met un grand pain dans la gueule. Jean-Michel s'évanouit.

— Qu'est-ce qu'il fait là ? demande Nicole à ses parents en montrant Jean-Michel.

— Il a pris ses habitudes, dit son père, il vient dans la cuisine et puis il boit.

— Il est amoureux, répond la mère. Un mec amoureux, ça rôde et ça fait n'importe quoi.

— Amoureux de qui ? hurle Nicole.

— Mais de toi, imbécile ! répond sa mère. Tu peux quand même te rendre compte quand il y a de la raideur dans un pantalon. Écoute, t'as seize ans, ta mère peut te parler de ça : ou t'as de la raideur dans le pantalon ou t'en as pas !

— Il vous resterait pas un bout de fromage dans votre

frigo de merde ? demande le loubard. Des gens comme vous, ça a toujours un camembert au frais.

Tout le monde sort de l'hôtel particulier sans dire un mot.

✦

Dans la rue :

— C'est un con, dit le loubard au sujet du père de Nicole, il n'a même pas un camembert.

— Je vous interdis de traiter ce monsieur de con, dit Jean-Michel, il s'agit de mon futur beau-père.

— Ce sera ton futur beau-père si j'accepte de t'épouser, dit Nicole.

— Ce qui n'est pas évident, ajoute le loubard, parce qu'actuellement y a concurrence.

Il tend sa main au père de Nicole :

— Je m'appelle Jimmy et je vais la rendre très heureuse.

— Qu'est-ce que vous faites dans la vie, Jimmy ? demande le père.

— J'ai essayé plusieurs trucs, la malhonnêteté et l'honnêteté.

— Et qu'est-ce que vous avez choisi ?

— Bah, la malhonnêteté bien sûr, ça rapporte plus.

— Vous avez une spécialité ?

— Les cambriolages.

— Ici y a rien, trois cigares, deux bouteilles de champ. Ah, d'ailleurs, je vous en ai pas proposé. Ça vous ferait plaisir de boire un petit coup de champagne ?

— Oui, volontiers si c'est du bon. C'est du bon ?

Tout le monde rentre sauf Jean-Michel. Quelques minutes après, il voit Nicole sortir de l'hôtel :

– Tu bois pas de champagne avec les amis ? lui demande-t-il.

Elle ne répond pas et s'enfuit dans la nuit.

3

De nouveau, Nicole marche seule dans une rue. Elle entend des bruits de pas derrière elle, elle s'arrête, se retourne, il n'y a personne. Elle repart en accélérant le pas. Nouvelle présence derrière elle de quelqu'un qui marche. Elle se retourne encore, de nouveau elle constate qu'il n'y a personne derrière elle. Elle s'enfuit en courant. Jean-Michel la poursuit, la rattrape, la tient par le bras :

– Qu'est-ce que tu fais, tu veux tout briser ? lui demande-t-il.

– Peut-être, répond Nicole.

Cette fois-ci, Jean-Michel ne la poursuit pas, il la regarde simplement s'éloigner, mais pousse quand même un cri : Nicole !

4

Jean-Michel retourne sur ses pas, en direction de l'hôtel particulier dont les lumières sont encore allumées.

— Saloperie, dit-il. Ma vie est une saloperie.

Il sonne à la porte, on lui ouvre, il rejoint le groupe qui boit du champagne dans la cuisine.

— Vous êtes encore là, vous ? s'exclame le loubard. Vous n'avez pas été congédié ?

— Vous savez où elle va ? demande Jean-Michel.

— Bien sûr que je sais où elle va. Toutes les filles qui sortent le soir vont au même endroit.

— Quel endroit ?

— Le Smart.

— On y va ?

5

Dans une boîte de nuit de banlieue, Nicole, rutilante, danse entourée de plusieurs garçons. Jean-Michel et Jimmy la regardent. Jimmy dit à Jean-Michel :

— Cette fille, elle est pour moi. Je la veux.

— Tu vas avoir du mal, dit Jean-Michel. Elle est difficile.

— On va s'en occuper.

Nicole, en dansant, s'approche de Jimmy et l'embrasse.

Jean-Michel quitte les lieux.

6

Nicole court sur une bretelle d'autoroute, suivie par Jimmy et quelques autres mecs qu'on a aperçus dans la boîte. Des voitures les doublent, certaines ralentissent pour porter secours à la pauvre jeune fille, qui gueule à leur adresse :

– Barrez-vous, tas de connards, vous ratez le début du match, là !

– Nous aussi on se barre, dit Jimmy. Poursuivre une fille, ça n'a pas d'intérêt.

Nicole se jette dans ses bras, l'obligeant à se taire. Échange de baisers.

La bretelle d'autoroute passe non loin d'une maison avec terrasse sur laquelle un couple en pyjama les regarde et leur propose de l'aide. Jimmy et Nicole, essoufflés, rentrent dans la maison. Ils montent au premier étage et reprennent leur respiration dans une cuisine moderne, tout en demandant à boire en urgence. On leur apporte des verres et une bouteille d'eau. Nicole en profite pour engueuler le mec qui est en train de regarder son décolleté.

— Vous voulez qu'on appelle la police ? propose la femme.

— Occupez-vous de vos fesses, dit Jimmy. Vous avez pas de la bière ?

Il se tourne vers Nicole :

— Tu sais que c'est pas sympathique ce que tu fais ? Tu es jolie mais tu n'es pas sympathique.

— Pourquoi je suis pas sympathique ? demande Nicole.

— Tu avais un copain, lui était sympathique. Qu'est-ce que tu trouves de mieux à faire ? Le trahir.

— C'est pas une langue dans une bouche qui va changer le cours du monde.

— Non c'est vrai, mais pour moi qui suis un garçon sensible, c'est un peu bizarre.

— Tu habites où ? demande Nicole.

— À Trappes.

— C'est bien, Trappes ? demande la femme en pyjama.

Jimmy se tourne vers son mari et demande :

— Vous nous la prêtez, votre femme ?

— Pour quoi faire ? dit le mari.

— L'emmener faire un tour à Trappes, dit Jimmy.

Il se tourne de nouveau vers la femme :

— Vous voulez qu'on vous emmène à Trappes faire un tour ?

La femme ne dit rien. Son mari :

— Alors, tu ne réponds pas au monsieur ?

— Je suis en pyjama, dit la femme.

— Eh ben, on l'enlève le pyjama, dit Jimmy.

— Moi je veux bien y aller, à Trappes, dit Nicole.

— Eh ben tu vois, quand tu veux, tu peux être coulissante, dit Jimmy. J'ai plein de projets en ce qui te concerne.

— J'ai envie d'aller dans un grand lit, dit Nicole.

— Là, en ce moment, t'es sympathique, répond Jimmy. Une femme qui parle de grand lit, c'est toujours sympathique.

7

Nicole et Jimmy arrivent à Trappes le matin. À gauche et à droite, des voitures brûlent. Ils s'arrêtent devant un pavillon. Jimmy klaxonne et invite Nicole à le suivre. Ils entrent, montent un escalier en bois et sont accueillis par la famille de Jimmy.

— Je vous présente ma nouvelle copine, elle s'appelle Nicole, elle est pas très sympathique. Y a quelqu'un dans ma chambre ?

— Nan, y a personne, répond sa sœur.

— On va y aller alors, dit Jimmy.

V
J’AI UN PROBLÈME TRÈS GRAVE

1

Quand j'arrive chez moi, ma mère est dans l'entrée sur un fauteuil en cuir et elle pleure. En provenance de la chambre, mon père apparaît. Il s'assoit à côté de ma mère et lui essuie les yeux. Mon père pleure également. Jacques les rejoint.

— T'as pas ramené ta copine ? il me demande.

— Elle m'a quitté. Elle s'est trouvé un nouveau mec, plus intéressant que moi.

— Mais tu es très intéressant, dit Jacques, c'est elle qui n'est pas intéressante.

— Comment ça se fait que vous pleurez ? je dis à mes parents. D'habitude c'est maman qui pleure, là vous pleurez tous les deux, c'est pas normal.

Seuls le silence et quelques reniflements me répondent. Jacques se lève, met sa veste et annonce son départ :

— Excusez-moi, je vais vous laisser, vous n'avez pas besoin de moi.

Ma mère :

— Mais si, on a besoin de vous.

Mon père :

— Si elle vous demande de rester, restez. Si elle vous demande de partir, partez. Parfois on a des hésitations et on ne sait pas quoi répondre. On sent que quelque chose de positif est en train de se passer, comme de l'amitié, une amitié qui ne s'appelle pas vraiment amitié...

Jacques :

— Comment vous l'appelez, votre amitié ?

Mon père :

— « Au secours », « à l'aide ». On a tous besoin d'aide. Mais on n'ose pas le dire.

Jacques :

— Mais là vous l'avez dit ?

Mon père :

— Oui, je l'ai dit.

2

— Venez avec moi à la cuisine, dit mon père à Jacques, je vais vous faire boire un truc que je suis le seul à pouvoir préparer au monde.

— Ça porte un nom, votre singerie ? demande Jacques.

— Oui, la Dégraissée.

Je suis les deux hommes dans la cuisine et assiste à la confection du breuvage. Mon père, dont un grand sourire de bonheur envahit la face, prépare sa fameuse Dégraissée dans des verres de formes spéciales :

— Cognac, bénédictine et marc de raisin, c'est la base, on peut l'enrichir selon l'inspiration, avec du rhum ou du whisky et un doigt de champagne bien frais. Quelqu'un veut goûter ?

Jacques, dont la couleur faciale a viré au blanc, semble anticiper un malaise qui s'annonce comme un ouragan. Ses joues doublent de volume. De mon côté, je songe à un abri. Mon père tend un verre à Jacques qui avance des lèvres de cantatrice pour goûter l'apéro.

Silence. Mon père s'apprête à rigoler et met une dernière larme d'alcool dans le verre.

— Qu'est-ce que tu fais là, demande Jacques, paniqué, t'as rajouté quoi ?

— Goûte, dit mon père.

— C'est pas du pastis ? dit Jacques.

— Non, je mets pas de pastis dans la Dégraissée. Je mets tout, sauf du pastis.

Jacques éclate de rire, un rire gras qui coule sur le bord de la table. Je regarde ces hommes avec amitié. J'ai l'impression d'avoir deux pères aujourd'hui.

3

Un peu plus tard, on sonne à la porte. Ma mère va ouvrir et m'appelle :

— Jean-Michel, viens voir !

Dans l'encadrement de la porte, j'aperçois Nicole mal en point.

— T'as un souci ? je demande.

— J'étais à Trappes, répond Nicole.

— Qu'est-ce que tu foutais à Trappes ?

— Je me suis fait pulvériser le baigneur.

— Tu veux une chaise ?

— Non merci, je préfère rester debout, je m'assiérai plus tard. Pourquoi tu pleures, là ?

— Je pleure pas.

— Mais si, tu pleures. T'as eu un souci aussi ? T'as pas été à Trappes, toi.

Nicole s'approche. Je respire ses cheveux, sa nuque.

4

Je monte les dernières marches d'un escalier bourgeois, moquette, barres de cuivre, et sonne chez les Blumberg. Mme Blumberg mère, la reine du bortsch, m'ouvre :

— Vous venez voir Claude ? Ça va pas, vous avez un problème ?

— Oui, j'ai un problème très grave.

— Venez avec moi. Il était un peu souffrant car j'ai fait du bortsch, il en a mangé trois fois, c'est excessif.

— Mais il a vomi ?

— Un petit peu.

J'entre dans la chambre de Blumberg et m'assois sur son lit.

— Ça va pas ? il me demande. T'as l'air mal.

— Non, ça va pas.

— Qu'est-ce qu'il se passe, t'as un problème avec Nicole ?

— Avec qui veux-tu que j'aie un problème ? Avant j'avais personne, maintenant j'ai Nicole, donc j'ai un problème avec Nicole. Si j'avais une copine qui s'appelait Colette, j'aurais un problème avec Colette.

— Elle te trompe ?

— Oui, elle me trompe. Elle me connaît à peine et déjà elle me trompe.

— Avec qui ?

— Un effroyable loubard, un voyou. Elle est partie avec lui, elle s'est fait calcer.

— Tu pleures ? demande Blumberg.

— Non, je pleure pas mais j'en ai très envie. Et toi qu'est-ce que t'as fait hier soir, shabbat ?

— Oui, shabbat.

— C'est pour ça qu'il y avait le bortsch ?

— Ah, ne m'en parle pas.

— Moi, j'ai eu un shabbat du malheur.

— Moi, j'ai eu le shabbat de rien, dit Blumberg, j'ai passé la soirée avec ma queue et je me suis branlé en pensant à une fille que je connais et que tu connais pas, et que je te présenterai un jour quand tu seras moins con.

VI
SI J'ÉTAIS QUELQU'UN D'AUTRE

1

Le lendemain, on se retrouve avec Blumberg, il m'attend en fumant une pipe ridicule.

— Eh dis donc, tu vas pas te mettre à fumer des trucs pareils hein, sinon moi, je te connais plus.

Blumberg jette la pipe par terre :

— Voilà, il dit, c'était une très bonne amie qui me l'avait offerte, je la jette, je la fumerai jamais. T'es toujours aussi con. On va où, chez moi ou chez toi ?

— Et si on allait chez quelqu'un qu'on connaît pas ? je propose.

— Je connais tout le monde, les Juifs ça connaît tout le monde, dit Blumberg.

— On croit toujours connaître tout le monde, mais y a toujours des gens qu'on rate.

Blumberg s'est arrêté devant une porte cochère, fasciné par une lumière d'interphone.

— Y a un mec bien là, il dit.

— Qu'est-ce qu'il fait comme job ?

— Écrivain. Il est pour nous.

On sonne à « Pélissier, écrivain ». Une voix nous répond :

– J'arrive, une seconde.

Derrière nous, un mec, genre serviable, sort d'une voiture conduite par une femme et nous demande :

– Vous cherchez un médecin ?

– Pas du tout. Pourquoi, y en a un dans l'immeuble ? demande Blumberg.

– Quatre, dit le mec. Vous souffrez de quoi ?

– Je tousse, je réponds.

– Vous avez essayé de partir à la montagne prendre un bon bol d'air ?

– J'en viens. Ça m'a pas réussi.

2

Un homme bardé de stylos et de crayons sort de l'immeuble :

– C'est vous qui avez sonné ? il nous demande.

– On cherche un dénommé Pélissier, écrivain, je dis.

– Je suis Pélissier, écrivain qui souffre. J'ai pas fini mon roman, j'en sors pas. Tout le monde tue tout le monde mais l'inspecteur trouve personne.

– Vous habitez à quel étage ? demande Blumberg.

– Quatrième, répond l'écrivain.

On entre dans l'immeuble et on monte au quatrième. C'est exactement le même appartement que le mien, mêmes tissus, mêmes cuirs, même moquette, même salon dans lequel attend un inconnu énorme. Le même type que chez moi, le roi de la machine à laver : Jacques.

– Vous avez mis du temps, dit Jacques.

– On est montés à pied, je réponds.

– Pourquoi pas en ascenseur ?

– J'aime pas les ascenseurs, je dis. Vous connaissez Pélissier ?

– Je connais tout le monde, dit Jacques. Tout le monde

a une machine à laver et moi je dépanne tout le monde. Quand la machine casse, la ménagère se met à pleurer. Je la console. Si vous aviez commandé directement une bonne marque, vous n'auriez pas de problème. Mais vous voulez toujours acheter pas cher. Si on vend une machine à mille cinq cents, vous la voulez à mille.

Derrière Jacques, une femme est en train de pleurer.

– Je ne peux plus, je ne peux plus... Je ne suis pas une ménagère, je suis une femme désirable, elle dit.

– Désirée par qui ? dit Pélissier. Vous la désirez, vous ? il demande à Jacques.

– Pas du tout, répond Jacques. Elle ne parle que de lessive. À moi ! parler de lessive !

– De quoi voulez-vous qu'on vous parle ? je dis. Vous ne vous intéressez à rien.

– Et toi, tu t'intéresses à quoi, tête de nœud ? me dit Jacques. Uniquement au jazz, et que l'ancien, pas le moderne. T'es plutôt Bechet que Coltrane.

– Le moderne, ça chie, je réponds.

– Et je m'intéresse à beaucoup de choses, notamment ta mère, reprend Jacques. Enfin je m'intéresse, elle s'est jetée dans mes bras donc je les ai refermés sur elle ; ça palpitait.

– Saloperie ! je dis à Jacques, immonde charogne !

Je me précipite sur un couteau à découper, un Laguiole qui traînait sur une table, que j'essaye d'enfoncer dans le ventre de Pélissier, puis de Jacques. Ils résistent, ils ne veulent pas mourir.

Je suis maîtrisé. Je bave. Blumberg arrive à la rescousse. Il donne quelques tapettes inoffensives comme des caresses sur des papillons.

3

On s'échappe tous les deux vers la rue, on saute dans un taxi et on donne l'adresse de Nicole.

— Je connais bien cette adresse, dit le chauffeur, j'ai déjà chargé l'ambassadeur plusieurs fois. Je connais bien sa fille aussi. C'est elle que vous allez voir ? Si c'est elle, vous ne la trouverez pas chez elle, mais je sais où elle est.

— Alors dites-nous où elle est ! je lui dis en l'attrapant par son écharpe tricotée rouge.

— Vous m'étranglez, dit le chauffeur.

— Toi aussi tu nous étrangles, je dis, où elle est cette pute ?

— En banlieue, répond-il.

— Alors allez-y.

On sort direction Nanterre. On s'arrête devant les bâtiments de la préfecture où il y a la police et un médecin légiste.

— Vous êtes sûr que vous vous êtes pas gouré ? je demande au taxi.

— Je me goure jamais, quand on est taxi, on peut pas se gourer.

On sort de la voiture et on entre dans les bureaux de la préfecture.

On tombe sur deux policières qui traversent les couloirs en portant un cadavre : c'est Nicole, qui ne fera plus de mal à personne.

On la jette sur un brancard. Elle n'est pas contente, elle gueule. Je lui saute dessus :

— Tu vas te taire maintenant ? Tu es censée être morte !

En réponse, j'ai droit à sa colère :

— Je ne suis pas morte. Je veux vivre, vivre intensément, vivre !

Blumberg commence à chantonner un tube à la mode, « Vivre avec toi ».

— Tu vas pas fermer ta gueule toi, grand con ! lui dit Nicole.

— C'est du Mouloudji premier jus ! répond Blumberg.

— C'est pas du tout du Mouloudji, dit l'une des policières.

Elle regarde Nicole et demande :

— Qu'est-ce qu'on fait ? On la ramène dans son congélo ou on la met dehors ?

— Mettez-la dehors, dit sa collègue, vous voyez bien qu'elle fait chier.

On se retrouve tous les trois, Nicole, Blumberg et moi, à la station-service, et on prend des cafés.

— Il est bon, dit Blumberg.

— Pas si bon que ça, dit un client.

— Il est chaud, répond Blumberg.

— Oui, il est chaud, je dis, heureusement. Blum, t'aurais pas un bon copain dans la région par hasard ?

— Si, répond Blumberg, là, le mec qui est sur son balcon et qui nous regarde.

— Tu le connais, celui-là ?

— Si je le connais ? C'est comme si je l'avais fait. Il est tout le temps là, à chaque fois que je passe pour faire mon plein, il est là.

— Mais tu fais le plein de quoi toi, connard ?

— Ma mobylette, faut bien mettre un peu d'essence dedans.

— Mais t'as pas de mobylette.

— Non, j'ai pas de mobylette, mais si j'en avais une, ben il faudrait que je mette de l'essence dedans.

Nicole est en train de mourir ; on s'en fout.

Quand on sort, Blum et moi, le taxi est toujours là. On monte dedans et on allume deux cigarettes.

— Où est-ce que je vous dépose ? il demande.

— Nulle part, je réponds. On voulait juste être assis dans une voiture pour se reposer le cul.

— Alors écoutez, je vais vous proposer deux choses : soit on va dans une pizzeria que je connais, qui est très bien, à trois quarts d'heure de route, soit je vous ramène chez vous.

— Mais chez nous, c'est quoi chez nous ? je demande.

— J'en sais rien, dit le taxi. Votre copine elle est où, vous l'avez larguée ?

— Elle est morte, je réponds.

— Ah bah c'est dommage, elle me plaisait beaucoup, vous en avez pas une autre ?

— J'en connais une, mais plus âgée.

— Allons-y, allons-y, s'énerve le chauffeur.

On démarre, direction chez moi.

4

Quand on arrive chez moi, Jacques est allongé sur le canapé, bercé par le Chopin maternel.

— Qu'est-ce qu'il fait là, celui-là ? je dis en montrant Jacques. Tu lui as donné ma chambre ?

Ma mère n'arrête pas de jouer du piano. Je dis à Chopin de la mettre en veilleuse.

— Ta mère a beaucoup de talent et un très beau doigté, dit Jacques.

Je me jette sur lui. Il m'expédie dans la pièce voisine, c'est-à-dire la salle à manger, où reste encore la moitié d'un kouglof que je mange.

— Je suis obligé de rentrer, ma mère fait un bortsch ce soir, dit Blumberg. De la porte d'entrée, il crie :

— Y a des gens qui vous cherchent sur le palier.

Je le rejoins et vois trois flics.

— Police, dit l'un d'eux.

— Quel est l'enfoiré qui a appelé les flics ? je demande.

— C'est moi, dit Jacques.

— Qui êtes-vous ? demande l'un des flics à Jacques.

— Je suis commerçant.

— Qu'est-ce que vous vendez ?

— Des machines à laver.

— Et ça marche ?

— Y a des hauts et des bas, mais on fait plus d'affaires vers Noël.

— Pourquoi vous avez fait appel à la police ?

— J'ai eu l'impression d'être tombé dans un piège, dit Jacques.

— Depuis un certain temps, on a de mauvaises ambiances dans la police, dit un flic. On est attaqués. On n'est pas aimés. On peut même plus taper. Hier, j'ai tapé sur une tête, je savais pas à qui elle appartenait, c'était la tête d'un vieux monsieur qui me disait : « C'est beaucoup trop fort, c'est beaucoup trop fort. »

— Il est mort ? demande Jacques.

— Oui, évidemment, dit le flic.

— C'est tout l'effet que ça vous fait ?

— N'insistez pas, vous voyez bien qu'il s'en fout, je dis.

— On s'en fout pas, quand on tue quelqu'un, on est toujours contrariés, dit le flic.

— Donnez-vous la peine d'entrer, dit Jacques, nous avons des alcools.

— Dans le vaisselier, là ? dit le flic en allant ouvrir le vaisselier.

Les bouteilles s'entrechoquent en faisant un bruit lugubre. Ma mère arrête enfin de jouer du piano et nous rejoint :

— Vous êtes en train de me casser mon vaisselier, là ? Moi qui voulais vous offrir un bon génépi...

Je vomis.

Un flic :

— Bah, pourquoi tu vomis ?

— Vous avez déjà bu du génépi ? je demande.

— Ça m'intéresse pas d'entendre parler de vomi chez moi, dit ma mère. Vous restez à dîner ? demande-t-elle aux flics.

— Oui, mais faut qu'on prévienne notre chef, dit l'un d'eux.

— Ce soir, mon mari sera là, il m'a dit qu'il avait un reblochon entier, vous aimez ça, le reblochon ?

— Évidemment, dit un flic.

5

Une dame avec un chapeau entre dans la salle à manger et demande à l'assemblée :

— C'est bien ici le reblochon ?

— Chut ! vos gueules ! crie mon père. Faut pas parler, en ce moment, faut pas parler. Vous prenez une chaise, vous posez votre cul dessus et vous vous taisez.

La dame repart.

— Pourquoi faut pas parler ? demande ma mère.

— Quand on vous donnera du reblochon, dit mon père, vous le mangerez, mais tant qu'on vous en donne pas, c'est pas la peine de parler d'un fantôme.

— Je m'excuse, je voudrais pas refroidir l'ambiance, dit un flic, mais on est huit et il y a un seul reblochon ; un reblochon est un fromage normalement prévu pour quatre...

— Faites taire ce mec-là, dit un autre flic. Je le connais, il parle toujours pendant des heures. La dernière fois, il a parlé d'un fromage italien et il a fait chier toute une colonie avec ça.

– Ce reblochon dont tout le monde parle sans arrêt, vous l'avez trouvé où ? demande Jacques à mon père.

– Je l'ai acheté, connard. Quand tu sors dans la rue, il pleut pas des reblochons. J'ai hésité à le prendre, j'allais pas me taper un reblochon en entier mais le fromager m'a dit : vous aurez peut-être des amis ? J'ai pas d'amis, j'ai répondu.

– Même dans la police ? demande un flic. Faut toujours avoir un ami dans la police.

– Si on a tué quelqu'un, dit mon père, mais j'ai tué personne.

– Alors si vous tuez personne, qu'est-ce que vous foutez ? demande le flic.

– Je joue dans des espaces construits à cet effet qu'on appelle des théâtres et où il y a deux catégories de population. D'abord, les cons sur scène qui comprennent rien à ce qu'ils racontent mais qui se donnent un mal de chien pour faire comprendre leur pièce, ensuite, les cons en face qu'on appelle les spectateurs et qui ne s'intéressent absolument pas à la pièce mais plutôt à leurs souvenirs de vacances au cap Ferret.

– Pourquoi le cap Ferret ? demande Jacques, normalement c'est l'île de Ré.

– Au cap Ferret, vous aviez une chance d'apercevoir Jean Cocteau, dit mon père, à l'île de Ré, vous le voyez pas.

Il se lève :

– Je vais vous proposer un jeu. Est-ce que vous connaissez le jeu du « Si j'étais... » ?

– C'est quoi le « Si j'étais... » ? demande ma mère.

– Si j'étais quelqu'un d'autre, dit mon père. Par exemple, si ce flic était moi... Comment vous vous appelez ? il demande au flic.

— Maurice, dit le flic.

— Bon, si j'étais Maurice, je serais votre amant, dit mon père à ma mère.

— Si j'étais votre mari, dit Jacques à ma mère, je préférerais aussi être votre amant.

— Oui mais alors choisissez, dit ma mère, parce qu'amant et mari, c'est pas pareil.

— Non, c'est pas pareil, dit mon père. Parce que l'amant, il se place dans un placard, le mari entre, il voit le placard ouvert et dit : « Pourquoi cette porte n'est pas fermée ? » Il ferme la porte, la porte se rouvre tout de suite, et un mec sort du placard : « J'étouffe »... Le mari : « Mais qu'est-ce que vous foutez dans mon placard ? C'est mon placard ! C'est mes vêtements, mes chaussures ! » J'improvise, hein, parce que je suis comédien.

— Mauvais, dit Jacques.

Mon père balance un bourre-pif dans la gueule de Jacques.

— Excusez-moi, dit mon père, j'aime pas beaucoup qu'on baise ma femme. Et j'aime pas beaucoup qu'on me traite de mauvais acteur.

— Eh ben alors faites des efforts pour être meilleur, dit Jacques. Quand vous partez en tournée, vous emmenez votre femme avec vous ?

— Bien sûr que non, je l'emmène pas, dit mon père, sinon je peux pas me taper des petites comédiennes.

— Oui, mais elle, votre femme, elle reste à Paris toute seule, continue Jacques, et là, qu'est-ce qu'elle fait ? Elle téléphone à ses amants.

— Il est pas marrant votre jeu, vous en avez pas un autre ? dit ma mère, les larmes aux yeux.

Un flic :

— Y a quelqu'un qui a sonné, je vais ouvrir ?

— Évidemment que vous allez ouvrir, dit mon père.

✦

Le flic se lève, va ouvrir et revient avec le père de Nicole.

— J'ai trouvé ce monsieur sur le palier. Il a l'air propre, je l'ai fait entrer. Il a une chemise italienne en imitation soie, il a des chaussures, montrez voir vos chaussures... Qu'est-ce que vous faites dans la vie ?

— Je suis le père d'une jeune fille.

— Elle est pas là, la jeune fille ? demande le flic.

— Je la cherche, dit le père de Nicole.

— Vous vous souvenez de son nom ?

— Je crois que c'est Nicole.

Le flic s'adresse à nous :

— Vous avez vu une dénommée Nicole traîner parmi nous en petite tenue ?

— Elle était pas en petite tenue ! je dis.

— Elle est toujours en petite tenue, dit le père de Nicole. Et elle n'est pas rentrée depuis vingt-quatre heures, je m'inquiète.

— Quand on a une fille en petite tenue, on s'inquiète, confirme un flic.

— Et ce fameux reblochon, il est où ? demande Maurice, il est au chaud ?

Un type en pyjama fait irruption dans la salle à manger :

— Vous pouvez pas parler un peu moins fort ? On regarde un film.

— Qui êtes-vous ? demande mon père.

— On est vos voisins. On habite en dessous de vous. Quand vous mettez vos pieds sur le parquet, c'est dans ma tête que vous les enfoncez.

— Qu'est-ce que vous regardez comme film ? demande mon père.

— Un film suédois, il paraît que c'est formidable, dit le voisin.

— Oh les films suédois, on m'aura pas deux fois ! dit mon père. J'en ai vu un, un jour, et je me suis dit « plus jamais ».

— Vous vous souvenez du film ? demande le voisin.

— C'était un film d'un dénommé Bergman, je crois, un emmerdeur.

— Et le titre ? Vous avez pas le titre ?

— *La Source.*

Tout le monde éclate de rire.

Une femme avec un tablier blanc entre dans la pièce et dépose un reblochon sur la table. Une odeur envahit la salle à manger. C'est une odeur qui pique les yeux, comme beaucoup d'odeurs.

— Est-ce que vous connaissez le nom du mec à qui vous avez acheté ce reblochon ? demande Jacques à mon père.

— Pourquoi ? dit mon père.

— Pour aller lui casser la gueule si son reblochon est pourri.

✦

À ce moment, une femme fond en larmes, de gros sanglots qui occupent toute la salle à manger, c'est ma mère.

— Taisez-vous ! Y a quelqu'un qui pleure, dit Maurice.

— C'est ma mère, je dis, elle est fragile...

— Parfois, ça me prend sans aucune raison, dit ma mère, je me sens trembler et je fonds en larmes. On me demande ce qu'il y a et je réponds : « Mais rien, rien, laissez-moi pleurer tranquille. »

— Laissez-la pleurer tranquille ! dit un flic.

— Oui, mais vous ne pouvez pas pleurer sans structurer les larmes, sinon c'est n'importe quoi, c'est une fuite, dit Maurice.

— Ma femme ne fuit pas, dit mon père, ma femme a des moments où la carburation n'est pas bonne, mais elle ne fuit pas.

— Je suis en manque, dit ma mère entre deux sanglots.

— En manque de quoi ? demande Jacques.

— Un amant ! je dis. C'est ça qu'elle cherche ! Ça lui manque. Mon père ne s'en inquiète pas, il s'en fout.

— Alors que ça serait rien du tout pour lui de trouver quelqu'un dans l'assistance pour être l'amant de sa femme, dit Jacques. Tout le monde est partant. Enfin moi en tout cas, je suis partant. Je m'inscris sur le tableau. Si vous avez des problèmes de machine à laver, faites appel à moi. Je vous ferai des prix d'ami.

La serveuse, qui a des moustaches comme toutes les serveuses, interrompt Jacques :

— Je me suis fait chier à vous délivrer un reblochon qui s'impatiente, vous pourriez au moins avoir l'élégance de le goûter et me dire si j'ai bien fait de venir.

On se sert tous et on remplit nos verres. Dégustation du reblochon.

Le dîner s'achève, tous les convives évacuent l'appartement. Maurice salue mes parents :

– La prochaine fois, c'est la police qui invite. Je peux vous faire une fondue si vous voulez, vu que vous aimez bien le fromage.

VII

ELLE EST DANS MES BRAS, J'IMAGINE NOTRE MARIAGE IDÉAL

1

Je sonne à la porte de l'hôtel particulier, c'est la mère de Nicole qui m'ouvre dans sa chemise de nuit transparente. Je tente un geste déplacé qu'elle accueille avec calme.

— Vous venez voir la jeune fille de la maison j'imagine, pas la mère ?

Je suis frappé par un doute, la mère n'est pas mal. Elle me conduit voir Nicole. Elle frappe à la porte. Personne ne répond. Frissons d'inquiétude de la mère. Elle entre. Je la suis au plus près. Sur une table basse, je remarque la présence d'une boîte de chocolats.

— Vous voulez un chocolat ? elle me demande.

— Oui, volontiers, je réponds.

On arrive devant Nicole, pelotonnée dans son lit, elle semble dormir. Je regarde sa mère et dis :

— Elle a été secouée.

— Vient toujours un moment où une femme est secouée, me répond-elle. Par la violence, par l'amour, par le mélange des deux. Vous voulez un autre chocolat ?

— Oui. Comment vous la voyez, vous ?

— Affolée. C'était une petite fille charmante et, très rapidement, c'est devenu une créature, toujours charmante, mais plus difficile à maîtriser.

— C'est marrant, j'ai l'impression de ne plus être amoureux d'elle.

— Réfléchissez un petit peu. Vous êtes en train en tomber dans le piège dans lequel tombent tous les hommes amoureux qui se disent : « C'est trop violent, je ne supporterai pas ça. » Mais ils y vont quand même.

Je regarde la mère de Nicole et dis :

— J'ai envie de vous toucher.

— Touchez-moi. Mais ne réveillez pas Nicole.

Je la touche. Elle dit :

— Ça serait bien de prendre congé maintenant.

Je quitte l'hôtel particulier.

Dans la rue, je gifle quelqu'un qui n'existe pas, puis j'imagine quelqu'un d'autre derrière moi, me retourne et le gifle aussi. J'entends le bruit des baffes sur les joues.

2

J'arrive devant la boutique de Jacques, il est assis dehors.

— Qu'est-ce que tu fous là ? il me demande.

— Ça va pas très bien, j'avais envie de voir un mec sympa.

— Je suis le mec sympa, dit Jacques.

— Dans la vie, il y a des moments où les choses très belles sont saccagées, on appelle ça la violence. J'ai besoin de votre connaissance du monde. Vous allez m'aider.

— Je t'écoute. Tu veux pas venir à l'intérieur boire un petit café ou un truc alcoolisé ? À moins qu'on aille au bistrot en face qui est sur la place, là.

Jacques m'emmène dans une brasserie comme il y en a à toutes les portes de Paris, et là on tombe sur un bouquet de putes, deux vieilles et deux jeunes. Le cœur ne balance pas longtemps. C'est la première fois que je m'adresse à des putes.

— Il est culotté, votre fils ! dit l'une d'elles. Tu as quel âge mon petit gars ?

— Quinze ans.

— Et si on les emmenait voir mes machines ? dit Jacques. Je suis sûr qu'elles aiment les machines.

— Quelles machines ? demande une fille.

— À laver, répond Jacques.

Expédition de l'équipe dans le magasin de machines. Les filles sont passionnées, toutes les machines démarrent en même temps. Une des filles s'approche de Jacques :

— Vous en avez une, vous, de machine ?

— J'en ai plein, dit Jacques.

— Vous habitez loin ? elle demande à Jacques.

Il pointe le plafond du doigt :

— Au-dessus.

On monte tous dans l'appartement de Jacques, un appartement pas du tout mis en valeur, on voit quand même que l'architecte aimait beaucoup les cubes et les escaliers en colimaçon.

Vient l'apéritif. Je suis un peu perdu, j'essaye de rendre service, je porte des bouteilles, je casse un verre. Une pute s'approche de Jacques avec un petit carnet :

— J'ai un problème avec une Electrolux. Est-ce que ça vaut le coup de la faire réparer ou est-ce que j'en achète tout de suite une autre ?

— Faut en acheter une autre, dit Jacques.

— Vous voulez pas qu'on aille boire un verre chez la mère Martini ? dit l'une des filles. Au Raspoutine, par exemple ?

Je fais remarquer :

— Y aura des putes aussi...

Jacques :

— Oui, mais beaucoup plus chères. Jean-Michel, tu es sympathique mais ce serait bien de temps en temps que tu fermes un peu ton clapet pour écouter les vieux qui, parfois, disent des choses intéressantes.

3

Les parents de Nicole et leur fille sont nos hôtes ce soir. À table : foie gras, compote de pommes, champagne. Tout le monde se régale, bonne ambiance. Beaucoup de sourires et d'amabilité. Les deux mères sont aux anges, surtout la mienne qui est assise en face de Jacques, qui mange énormément. En regardant alternativement Nicole et moi, ma mère dit :

– Ils sont mignons nos petits, ils vont bien ensemble. Va falloir organiser tout ça. Le soir du mariage, on peut faire une soirée chez la mère Martini.

Elle lève son verre :

– Au bonheur des jeunes gens !

Jacques s'adresse au père de Nicole :

– Vous travaillez pour quel pays ? On a vraiment envie de savoir.

– Pour le plus froid de tous, répond le père, la Finlande. Et vous, vous êtes diplomate aussi ?

– Ambassadeur, je représente un certain nombre de compagnies internationales qui fabriquent des machines à laver et c'est moi qui les vends.

— Quelle est votre position par rapport à Jean-Michel, demande la mère de Nicole, vous êtes un oncle ?

— Pas vraiment un oncle, dit Jacques, plutôt un ami.

— Jacques est plus qu'un ami pour nous, dit mon père, c'est un bienfaiteur. Un homme qui s'occupe de machines à laver est forcément un bienfaiteur.

— Vous voulez dire qu'il rend les femmes heureuses ? demande le père de Nicole.

— Pas uniquement les femmes, dit mon père.

4

On est seuls dehors avec Nicole, je ne sais pas où aller, mais Nicole, elle, elle le sait. Elle prend ma main et me dit de la suivre. On arrive devant notre hôtel au-dessus duquel brille un néon. Les lumières sont éteintes dans l'hôtel, sauf celle de la réceptionniste, une vieille dame à cheveux blancs derrière le comptoir.

– Bonsoir madame, est-ce que je pourrais avoir la chambre numéro 9 ? demande Nicole.

– La chambre numéro 9 est occupée, mademoiselle. Je peux vous conseiller la 6 qui est charmante ou la 4 qui donne sur le jardin.

– On va aller voir la 6.

Déambulation dans les couloirs, vieil ascenseur qui grince. On entre dans la chambre numéro 6 qui ressemble étonnamment à la chambre numéro 9 avec deux ou trois mégots qui traînent dans les cendriers. La réceptionniste vide les cendriers et les passe sous les robinets d'eau chaude dans la salle de bains.

— Le ménage, faut le faire le matin, pas quand les gens arrivent, lui dit Nicole.

— Nous avons eu un autocar qui venait d'Allemagne, nous avons été un peu bousculés, excusez-nous, dit la dame avant de prendre congé.

Nicole ferme la porte de la chambre puis s'y adosse dans la position d'une femme qui va dire oui.

Dans le lit, Nicole a une crise de tremblements, elle plonge le visage dans mon cou.

— Je ne veux pas qu'on nous impose un gros mariage, elle dit. Faut qu'on fasse un mariage qui nous ressemble.

— Ce sera difficile, nos deux pères sont déjà en train d'en discuter.

4 bis

Le père de Jean-Michel et le père de Nicole sont dans un restaurant, ils s'entretiennent au sujet du mariage de leurs enfants.

— Il faut qu'on se mette d'accord sur un truc, c'est qu'on choisit des choses simples et pas trop chères, dit le diplomate.

— On va faire un budget serré, dit l'acteur. Pour le bonheur, on n'a pas besoin de rouler sur l'or. Moi, je peux vous proposer une maison de champagne, des gens très sympathiques qui nous ont toujours soutenus dans nos évènements.

— Il faudrait aussi qu'on parle du nombre de personnes qu'on invite, parce que c'est là-dessus qu'on a des différences, dit le père de Nicole.

— Faut que j'invite mes amis, les gens qui m'ont vu démarrer, je peux pas marier mon fils sans les inviter. Prenez du papier, vous allez noter, je vais vous donner des noms.

— Vous pensiez à combien à peu près ?

— Il faut penser au monde du théâtre, au monde du cinéma, et, maintenant, il faut penser au monde de la télévision. Dans ces trois secteurs, je dirais cinquante personnes au minimum par secteur.

— Et personne au gouvernement ?

— Oui, il faut inviter le gouvernement, il peut y avoir un ou deux ministres qui viennent. C'est bien, les ministres, on les met au premier rang. Faut penser aussi à la régie Renault.

— Mais pour quoi faire, la régie Renault ?

— Pour nous prêter des voitures toutes semblables, une flotte, qui emmène les mariés, les amis, les ministres, au déjeuner.

— Il a lieu où, ce déjeuner ?

— Dans un grand restaurant champêtre dans la région de Bougival. Faudra penser aussi à la robe de la mariée. Vous y avez pensé à sa robe ? C'est votre fille. Moi mon fils, je lui commande un beau costume bleu marine ou gris, c'est lui qui choisit, il a bon goût. Faut penser également à la nuit de noces. À quel endroit vont-ils passer leur nuit de noces ?

— Moi je propose Versailles, le Trianon Palace, dit le diplomate.

— Là, je dis halte. Trop cher, dit l'acteur.

— Oui, mais ma fille, ce qui se passe dans son cœur, c'est important. Ça compte, le décor.

— On coupe la poire en deux, moi je m'occupe des voitures, du champagne et des invitations, vous, vous vous occupez de l'hôtel et du restaurant.

— Je peux même avoir un petit arrangement avec le Kremlin. On a de bons rapports avec les Russes, on verra s'ils peuvent nous envoyer un kilo ou deux de caviar. La dernière fois que c'est moi qui les ai traités, je les ai invités à un dîner protocolaire avec orchestre et je leur ai servi du Dom Pérignon pendant tout le repas. L'ambassadeur a eu le nez rouge.

5

Nicole est dans mes bras, j'imagine notre mariage idéal.

On tombe sur une grande andouille qui fait demoiselle d'honneur mondaine et qui est exagérément habillée avec de hauts talons. Elle est bourrée. Quand elle voit arriver Nicole, elle se précipite dans ses bras et lui dit :

— J'ai peur, j'ai peur, je voulais pas.

Un mec qui était en smoking mais qui n'est plus en smoking, car il a enlevé son nœud pap et le col de sa chemise, dit, quand il voit la grande saucisse avec sa robe sarbacane :

— Bonjour mademoiselle, je m'appelle Roland, Roland Toutcequibouge, spécialiste des mariages.

Ma belle-mère, dans un très beau tailleur Jacques Fath, se propulse dans le couloir avec difficulté car la moquette semble un peu épaisse. Pour éviter de mordre la poussière, elle se jette dans les bras de Roland Toutcequibouge. Il la réceptionne, la serre contre lui et lui roule une pelle absolument indescriptible. Blumberg, pendant ce temps-là, soulève la jupe de ma belle-mère pour voir ses dessous. Je photographie tout ça avec mon Minolta.

Une table est dressée en plein milieu, mon père y est assis, il chiale. Jacques se trouve devant un miroir qu'il esquive pour lui cacher son reflet ; régulièrement, il se montre de nouveau au miroir et se retrouve face à lui-même. Ça lui fait peur. Je regarde par la fenêtre, dans la rue, une vingtaine de Renault en double file. À l'extrémité du couloir, une porte vient d'être ouverte avec violence, c'est le gros des troupes des demoiselles d'honneur, un bouquet de fleurs ambulant qui nous arrive dessus.

On s'enfuit en courant, Nicole pousse des cris, puis quelqu'un tape avec un couteau sur un verre pour obtenir le silence et, dans la salle à manger du restaurant, tout le monde ferme sa gueule pour écouter le discours du père de Nicole qui va s'exprimer dans une langue inconnue. Ma mère tombe de sa chaise, elle est toute surprise de se retrouver le cul par terre. Quelqu'un lui détache son porte-jarretelle. Un orchestre de samba fonce dans les couloirs en sens inverse des demoiselles d'honneur. Nicole, perdue au milieu du désordre du mariage, me dit :

— Je voudrais bien que ça se termine vite et qu'on soit à la maison.

6

En rentrant de mon rencard avec Nicole, je surprends mon père et Jacques au bistrot à côté de chez moi. Ils boivent des bières.

Jacques :

— C'est difficile d'être un père de famille quand même parfois.

— C'est difficile d'être père de famille, c'est difficile d'être un mari aussi, tout est difficile, dit mon père. Il faut se méfier de tout. Vous n'avez pas d'enfants, vous ?

— Non, à ma connaissance, aucun, répond Jacques.

— Je sens que ça vous manque, dit mon père.

VIII
UN TOUR AU BON MARCHÉ

1

Dans un hôtel du quartier des Champs-Élysées, le San Régis, la mère de Jean-Michel commence à trouver le temps long. Elle attend quelqu'un, c'est Jacques. Il arrive. Il est empêtré dans ses convenances de bourgeois, Gisèle le met à l'aise. Ils se retrouvent très rapidement peu habillés. Du déshabillage, elle garde les bas et le porte-jarretelle, lui, le caleçon. On frappe à la porte. Un employé de l'hôtel pousse une table roulante sur laquelle tintinnabulent des glaçons. Il y a aussi du whisky et des club sandwichs. Jacques boit rapidement son verre et regarde Gisèle boire très lentement le sien avec gourmandise, en attendant je ne sais quoi.

— Mais tu ne manges pas ? demande-t-elle.

— Si, j'ai faim, mais je me garde un peu pour ce soir. N'oublie pas que ton mari nous prépare un truc d'enfer. On va pas lui faire faux bond quand même.

— C'est mon mari.

— Oui mais moi je le connais peu, j'ai aucune intention d'être impoli.

— Jacques, on n'a presque jamais de moments seuls

ensemble toi et moi, tu vas pas me parler de lui pendant quinze ans.

Ils s'enlacent. Gisèle est exaltée, Jacques pense au mari de la femme dont il est amoureux.

2

Au rez-de-chaussée de l'immeuble des Céleste, Jacques et Gisèle, les deux coupables, prennent l'ascenseur. Sixième étage, tout le monde descend. Gisèle ouvre la porte, ils entrent et trouvent Raymond en cuisine. Il prépare le dîner, il est en caleçon.

— Vous allez bien boire un petit verre ? dit Raymond.

— Avec plaisir, répond Jacques.

— J'ai un truc spécial pour les amis.

Gisèle pousse un cri de frayeur :

— Pas la Dégraissée ! Mon amour, je t'en supplie, pas la Dégraissée !

— J'aime beaucoup la Dégraissée, dit Jacques.

Le père :

— Mais vous en avez bu où ?

— Chez vous ! C'est vous qui me l'avez préparée et fait goûter.

— Et ça vous a plu ?

— Beaucoup. En ce moment tout me plaît, dit Jacques, je trouve la vie belle.

Ils passent à table et dînent.

Le père à Jacques :

– Dites-moi mon vieux, demain je vais chez Laurent Turru, vous connaissez Laurent Turru ?

– Non, répond Jacques.

– Laurent Turru, porte de Pantin, le roi de la gazinière, vous le connaissez ?

– Vous vous occupez aussi de cuisson ? demande Jacques.

– Bah avant de manger, faut cuire, faut pas laver la viande, faut la cuire. Vous m'accompagnez ou pas ? demande Raymond.

– Avec plaisir, dit Jacques.

– Faut partir vers midi.

La mère :

– Mais à midi on sera pas rentrés !

Le père :

– Rentrés d'où ?

La mère :

– Du Bon Marché. Jacques avait promis de m'accompagner.

– Vous avez promis à ma femme de l'accompagner au Bon Marché ?

– Parfois je promets des choses et puis...

– Vous ne respectez pas vos engagements ? dit Raymond.

Jacques se lève, plie sa serviette, la met dans sa poche.

– Vous mettez votre serviette dans votre poche ? demande Raymond.

– Bah oui, on m'a appris ça chez mes grands-parents, dit Jacques.

– C'est très mal élevé, dit Gisèle, il me manque une

serviette. J'avais un service complet de serviettes de table que ma belle-mère m'avait offert avant la guerre.

– Tu n'étais pas née, ma chérie, avant la guerre.

– Oui, mais j'y pensais, dit Gisèle, à la guerre.

Elle ajoute après en hurlant :

– Et ma mère criait.

– Vous êtes sûr que vous allez y aller demain au Bon Marché, Jacques ? demande Raymond.

– J'y vais pas, au Bon Marché, arrêtez de m'emmerder avec ce Bon Marché ! dit Gisèle.

– De toute façon, je comptais pas y aller, au Bon Marché, j'ai dit ça pour être agréable, dit Jacques.

– Vous n'êtes pas agréable ! dit Gisèle. Je me détache de vous ! Je suis en train de me détacher de vous ! Quittez les lieux, cher monsieur ! La vue de votre visage me déprime.

Jacques prend la direction de la porte :

– Au revoir madame, je suis en train de quitter les lieux. N'insistez pas.

– Je me réjouis de votre départ, dit Gisèle. Vous allez nous manquer. Vous n'allez pas nous manquer. Enfin à moi en tout cas, personnellement.

Jacques s'en va, poursuivi par Raymond :

– Partez pas comme ça, ça fout une mauvaise ambiance !

Jacques :

– Dès le départ, j'ai trouvé l'ambiance nauséabonde.

3

Jacques, seul dans une rue, frappe sur des toits de voitures.

Un type à chapeau sort de l'une d'elles :

— Qu'est-ce que vous faites ?

— Je tape sur le toit de votre voiture, dit Jacques.

— Et ça vous amuse ?

— Ça me déplaît pas.

— Mais pourquoi celle-là ? C'est la mienne, tapez sur d'autres voitures.

— Mais les autres voitures elles appartiennent aussi à des cons.

— Vous n'avez pas de voiture ?

— Non.

— Et vous n'avez pas de problème pour vous déplacer ?

— Ça dépend où je vais, répond Jacques. Si je vais en Allemagne, c'est loin, si je vais en Provence, c'est près.

— Ma femme est morte.

— Mais pourquoi vous me dites ça ?

— Parce que je l'aimais. Elle est morte en voiture, une

voiture que je lui avais offerte pour notre troisième année de mariage. Elle n'a pas vu le mur.

– Y avait un mur ?

– Non, y avait pas de mur, mais elle en a imaginé un et, pour l'éviter, elle est allée à côté et elle est rentrée dans une maison. Et vous, vous avez une femme ?

– Réponse négative, dit Jacques. Pas de femme, pas de voiture, pas de Bon Marché. Je vais m'absenter, j'ai un besoin urgent. Mon besoin, c'est de pas vous entendre, donc je m'éloigne. Et je vous donne un petit coup sur le toit de votre voiture.

Jacques est poursuivi par l'automobiliste irascible et s'enfuit en courant, ce qui pour lui est difficile parce qu'il est trop lourd.

Jacques, hurlant :

– Attendez-moi, je peux pas courir !

– Qu'est-ce que vous racontez ? C'est moi qui vous poursuis, dit le type au chapeau.

– Arrêtez de me poursuivre !

– Qu'est-ce que je fais, alors ? demande le type en s'arrêtant. Je m'emmerde !

– Moi aussi, je m'emmerde, dit Jacques, tout le monde s'emmerde actuellement.

Un type qui passe derrière eux intervient :

– Moi, je m'emmerde pas. Non seulement je m'emmerde pas mais en plus je me marre. Je me fends la gueule.

– Vous cherchez l'incident ? demande Jacques au nouveau venu.

– Absolument, répond le type.

– Le voilà, il est là l'incident, dit Jacques.

Jacques et le mec à chapeau s'élancent à la poursuite

du nouveau qui rigole moins maintenant. Pugilat derrière un buisson, au milieu du boulevard Raspail, non loin de la librairie Gallimard. Jacques et le type à chapeau émergent du buisson les vêtements à moitié en lambeaux. Ils s'éloignent, morts de rire.

4

Raymond fout une torgnole à Gisèle :

— Comment ça se fait que t'aies envie d'aller au Bon Marché avec ce mec ? Tu vas jamais au Bon Marché ! T'es attirée par lui vraiment ? C'est la seule explication que je vois.

— T'es con.

— Non, je suis pas con. Je suis prudent.

— T'es pas prudent, t'es con.

— Parler comme ça à son mari, c'est honteux.

— Ce qui est honteux, c'est de me demander si je suis attirée par un type qui vit pratiquement chez nous depuis six mois, que je croise dans la salle de bains.

— Pourquoi t'es attirée par lui ? dit Raymond en lui tordant les poignets, réponds quand je te parle ! Réponds à ma question !

— C'est mon amant. C'est ça que tu veux que je te dise ? Pourquoi tu fais semblant de pas comprendre ?

— Si c'est pas vrai, c'est pas la peine de me le dire. Si c'est vrai, c'est pas la peine de me le dire non plus.

— Eh ben je te le dis. En face. Avec mes yeux pleins de larmes.

— Est-ce qu'on va le revoir ?

— C'est le genre de mec qui revient toujours, dit Gisèle.

— Heureusement qu'il revient toujours, dit Raymond.

— Pourquoi, t'as besoin de lui pour vivre ?

— On a tous besoin d'un ami.

5

On sonne à la porte, Gisèle va ouvrir : c'est Jacques.

— Ah mais j'étais inquiète, je me disais : « Je vais plus le revoir. »

— C'est un mec qui revient toujours, dit Raymond.

Jacques :

— Je suis justement revenu pour vous faire part de mon départ.

— Quel départ ? demande Raymond.

— Je quitte votre histoire, dit Jacques.

— Pourquoi ?

— Elle m'emmerde.

— Pourquoi ?

— Trop d'amitié, trop de sympathie, c'est irrespirable. Au revoir.

6

— Je voulais te poser une question, dit Raymond à Gisèle. Est-ce que tu penses qu'on doit continuer à vivre ensemble un peu comme ça ? Ou est-ce qu'on devrait se séparer tout de suite ? Parce qu'on a des raisons de se séparer.

— Qu'est-ce que t'as prévu pour le dîner, ce soir ? demande Gisèle.

— Salade de pommes de terre froide, huile d'olive, truffes émincées, une larmichette de balsamique.

— Et le vin ?

— On a une bouteille, qui d'ailleurs est entamée, de chablis ; elle ferait bien l'affaire.

Gisèle tire une chaise et s'assoit à côté de Raymond :

— Je vais répondre à la question que tu m'as posée tout à l'heure et qui était intéressante : « Est-ce que nous avons intérêt à continuer à vivre ensemble ? » La réponse est : « Oui, nous allons vivre ensemble. »

— Pourquoi ?

— Bonne entente. On se fâche jamais. Là par exemple, je t'explique que j'ai un amant, tu le prends bien, tu te mets pas en colère. On se fâche pas. On respecte les difficultés endurées par l'autre. Ça s'appelle l'amour.

La porte s'ouvre, entre Jacques :

– Vous êtes en train de vous rabibocher ?

– Quand personne nous emmerde, on s'entend très bien, répond Gisèle.

Raymond :

– Mais parfois, y a de la nuisance. On est attaqués. On est déstabilisés. C'est les taxis de la Marne.

– C'est beau la Marne, dit Jacques. Y a de la pêche et ça mord. Le soir, on va guincher. On sort toutes les astuces pour attirer le regard de ceux qui ne sont pas encore à la gambille, mais qui ne vont pas tarder à l'être, on sent dans leurs talons un commencement de frémissement. Le tango, il est là, il arrive, il va posséder tout le monde. Les jeunes comme les vieux. Dites-moi, Raymond, vous n'êtes pas débordé en ce moment, on pourrait faire un tour à Buenos Aires.

IX
J'AI ENVIE D'ÊTRE LE PATRON, MOI AUSSI

1

Je vois arriver une grosse voiture. En descend mon père, il a l'air heureux et se dirige vers moi. Un type qui promène son chien s'est arrêté aussi et demande :

— C'est une américaine ?

— Oui c'est une Plymouth, dernier modèle, répond mon père.

Il se tourne vers moi :

— Tiens, monte, je vais te faire faire un tour.

Je m'assois à la place du passager. Gros démarrage.

— T'entends le bruit du moteur ? demande mon père.

— Énorme, je réponds. Ça donne envie de faire un voyage.

— Justement, on va en faire un.

— Quand ?

— La semaine prochaine pour les vacances de Pâques. On ira à Saint-Paul-de-Vence.

2

Nous roulons vers le sud. Je suis à l'arrière de la Plymouth et vois mon reflet dans le rétroviseur. Ma mère tricote à l'avant à côté de mon père dont je ne vois que la nuque. Vers vingt-deux heures, on s'arrête pour manger un truc. Nous sommes à Auxerre, le restaurant d'un hôtel se rallume pour nous. On nous dresse une table à proximité de la cuisine, ce qui permet à mon père de parler directement au chef qui est de l'autre côté de la cloison.

— Qu'est-ce que tu nous proposes ?

— Des quenelles, répond le chef.

— Et ensuite ?

— On verra, faut déjà manger les quenelles.

— Oui, mais j'ai de la route à faire moi, faut que je me reconditionne. T'as vu ma nouvelle bagnole ?

— Tu en es content ? demande le cuisinier.

— Pour l'instant, on vient de Paris, on a fait deux cent cinquante kilomètres et on a faim.

Arrivée des quenelles. Mon père me fait goûter le vin.

— Essaye ça, c'est un mercurey.

On nous donne deux chambres communicantes, ce qui permet à mon père d'entamer un concours de pets, ce qui me fait rire, moi, mais pas ma mère. Décidément, elle n'est pas douée pour le bonheur.

Le lendemain matin, on part vers onze heures pour ne pas se mettre à table trop tard. Objectif : chez Pic à Valence.

3

On a une table au restaurant à côté d'un couple d'Anglais élégants et très intéressés par la présence de mon père à côté d'eux. Dans un mauvais français, la dame demande :

— Vous êtes Raymond Céleste, l'acteur ?

Mon père répond par la négative :

— Non, je suis agent immobilier. Vous voulez pas acheter une maison ? J'en ai une très belle dans le Luberon avec double piscine.

— Vous voulez dire deux piscines ? demande la femme.

— Oui, répond mon père.

— Mais l'une au-dessus de l'autre ?

— Non, pas au-dessus, à côté.

— Vous avez des photos ?

— Je peux en avoir. Comment ça va dans votre pays en ce moment ?

— Ça va mal, répond l'Anglais. On attend les élections avec impatience.

Mon père sort une carte de visite de sa poche et la donne à l'Anglais.

— Passez nous voir si vous êtes à Paris, il dit, je vous ferai des escargots.

Les Anglais regardent la carte et se marrent.

✦

On reprend la route. Traversée d'Avignon, arrivée dans Aix. Fête, manèges, stand de tir, bal populaire, accordéon. À la sortie de Brignoles, il y a un accident, deux camions se sont accrochés. Chargement de vaches. Animaux affolés. Démarrage de la Plymouth. On arrive au bord de la mer au moment où le soleil se lève. Mon père descend de voiture pour se dégourdir les jambes, ma mère s'est à moitié endormie. On décide de faire un petit détour par Cannes. Arrivée à Saint-Paul-de-Vence. On se gare, comme tous les habitués de la Colombe d'Or, à proximité du grand lavoir. On prend nos bagages et on s'engage sur le chemin, direction l'annexe, endroit où nous avons l'habitude de dormir quand nous arrivons de Paris. C'est cosy et très silencieux.

4

Le lendemain matin, sur le balcon de la chambre de mes parents, mon père se penche et crie :

— Georges !

En bas, dans le jardin, un type plutôt impressionnant, par la carrure et par les sourcils qu'il a très volumineux. Les deux hommes semblent être copains et engagent une conversation à distance.

— C'est qui ce mec-là ? je demande.

— Henri-Georges Clouzot, un metteur en scène mondialement connu, dit mon père.

— Qu'est-ce qu'il a fait comme films ?

— *Quai des Orfèvres*, *Le Salaire de la peur*, *Les Diaboliques*... t'en veux d'autres ?

— T'as tourné avec lui ?

— Évidemment que j'ai tourné avec lui. Viens, je vais te présenter.

Ma mère, mon père et moi, on descend dans le jardin à la rencontre du dénommé Clouzot, qui fume une pipe anglaise.

— Qu'est-ce que tu fumes ? demande mon père. Toujours tes tabacs sucrés ?

— Je fume ce que j'ai envie de fumer, répond Clouzot. C'est ton fils ?

— Oui, c'est mon fils. Je te présente Jean-Michel.

— Et tu as quel âge ? me demande le metteur en scène.

— Quinze.

— Tu aimes lire ?

— Oui, j'aime beaucoup lire.

— Qu'est-ce que tu as lu récemment ?

— *Lucien Leuwen.*

— Félicitations, me dit Clouzot. Il se penche vers mon père :

— Il est bien ton fils, il vient de lire *Lucien Leuwen*, c'est pas donné à tout le monde.

Ma mère dit :

— Moi je lis *La Renarde*, un roman anglais très beau.

— Jeudi, dit Clouzot, j'ai une projection de mon film *Le Mystère Picasso*, vous voulez venir ?

— Oh non, dit ma mère, parce que Picasso, c'est toujours compliqué, les personnages ont trois têtes et on comprend rien.

Mon père est emballé :

— Évidemment qu'on veut venir !

— Vous pouvez amener votre fils si vous voulez, dit Clouzot, ça va lui plaire.

✦

Quand je suis à Saint-Paul-de-Vence, j'ai l'habitude de me lever assez tôt pour marcher seul dans les vieilles pierres du village et, éventuellement, pour rencontrer un âne. Mon petit déjeuner m'attend à l'hôtel. Je me retrouve en face d'Henri-Georges Clouzot qui fume déjà sa pipe.

5

Le soir, nous dînons tous ensemble avec Henri-Georges Clouzot et sa femme. Puis Clouzot et mon père, sans se dire un mot, sortent le jeu d'échecs traditionnel et attaquent une partie qui promet d'être tendue. Chacun des deux hommes fume sa pipe anglaise et nous sommes dans un nuage de tabagie extrêmement plaisant. Bizarrement, je ne tousse pas.

– Ça vous ennuie que je vous regarde jouer ? je demande.

– Vois avec M. Clouzot, c'est lui le patron, dit mon père.

Clouzot me regarde dans les yeux :

– Par exemple, en ce moment, je cherche l'acteur qui va jouer dans mon prochain film qui s'appellera *Les Espions*, c'est pas facile d'être le patron. On peut pas se défiler. Échec à la reine.

Mon père encaisse le coup.

– J'ai pensé à François Périer, dit Clouzot.

Mon père soupire :

– J'adore François, qui est un ami, mais honnêtement

il est trop fragile pour jouer un gars qui étrangle des espions dès qu'il y a un coin sombre.

— J'ai pensé aussi à Lino Ventura, dit Clouzot, mais là, c'est le contraire, il est trop costaud. C'est pas un homme qui a peur. Il peut mourir certes, mais sans avoir peur.

— Ventura n'acceptera pas le rôle, dit mon père.

— Pourquoi ? dit Clouzot.

— Essaye, tu verras bien.

— Sinon Paul Guers.

— C'est n'importe quoi, dit mon père.

Pendant qu'on remonte vers nos chambres en prenant le petit escalier magique tapissé de toiles de maîtres, mon père et moi nous échangeons nos impressions :

— C'est un con, ce Clouzot ! dit mon père. Pourquoi il me prend pas, moi ? C'est moi le meilleur pour jouer son rôle !

— C'est lui le patron, je réponds. C'est lui qui décide.

— Oui, mais moi, je suis bon ! Très bon !

✦

Nouvelle partie d'échecs :

— Y a Bernard Noël, dit Clouzot. Il est bon, ce Bernard Noël.

— Tu fais exprès de dire du bien de Bernard Noël devant moi ? dit mon père. Je l'aime beaucoup moi, Bernard Noël, j'ai pas envie de lui piquer un rôle.

— Tu lui piques pas un rôle, dit Clouzot, tu m'aides à réfléchir.

6

Arrivée de la Plymouth aux célèbres studios de la Victorine à Nice. C'est là qu'on a tourné *Till Eulenspiegel* avec Gérard Philipe. La Plymouth s'arrête devant un petit bungalow à triste figure, tout le monde descend : Clouzot, sa femme, mon père, ma mère et moi. Clouzot nous fait rentrer dans une salle de projection où nous prenons place, puis il va embrasser ses monteuses qui sont au premier rang et attendent, et il fait signe au projectionniste qu'il est temps d'envoyer le film. Extinction des lumières. L'écran s'allume et j'assiste à la naissance du chef-d'œuvre.

Fin de la projection. Tout le monde s'en va en silence et passe devant la porte où est embusqué Clouzot pour recevoir les compliments. J'ai les larmes aux yeux. Clouzot me caresse la tête.

7

Départ vers Paris. On charge les bagages dans le coffre de la Plymouth. Démarrage. On roule rapidement. Je suis assis sur la banquette arrière et, dans le rétroviseur, je vois la mauvaise humeur de mon père qui, dans le film de Clouzot, regrette de ne pas avoir joué le rôle de Picasso. Les acteurs, c'est comme ça que ça marche. On roule.

— Papa...

— Qu'est-ce qu'il y a mon fils ?

— J'ai une grande nouvelle à t'annoncer.

— Ah bon, c'est quoi ? dit mon père.

— Je sais ce que je vais faire comme métier plus tard.

— Ah bon ? Attends, je m'arrête pour recevoir le choc.

Arrêt parfumé de lavande.

— J'attends l'information, dit mon père.

C'est à ce moment-là que je lui assène le coup fatal :

— Je vais être metteur en scène de cinéma.

— T'es con, me dit mon père.

— Je suis pas con, je réponds, j'ai envie d'être le patron, moi aussi.

— Tu vas te faire chier pendant vingt ans, mais on sera avec toi.

X

JE SUIS VENU POUR VOUS DIRE QUELQUE CHOSE DE TRÈS IMPORTANT

1

Mon père au téléphone avec un ami :

— Dis donc mec, je vais te demander un très gros service mais tu peux pas dire non, tu dois effectuer le service. J'ai besoin de quelqu'un qui peut monter un coup avec mon fils.

— Qu'est-ce qu'il a ton fils ?

— Il veut être metteur en scène.

— Ah bon, c'est emmerdant.

Mon père raccroche, me sourit et dit :

— On va avoir la visite d'un ami.

2

On sonne à l'interphone et mon père me dit d'aller répondre. J'appuie sur le bouton et ouvre la porte ; une minute après, un mec sort de l'ascenseur. C'est un costaud avec une gueule à avoir essuyé plusieurs guerres, sans parler de la Résistance. Il a une bouteille à la main, enveloppée dans du papier de soie. Je me sens bien petit. Décidément, la vie est chaotique. L'homme qui vient d'arriver est un vieil ami de mon père. Je suis en culotte courte, le type examine mes cuisses puis les palpe et envoie son commentaire :

— C'est du mou, c'est du léger, ça va pas tenir la route.

On attaque une bouteille de whisky avant de passer à table. Mon père me présente le mec :

— Tu vois mon petit gars, le gars qui est en face de toi là, c'est le plus grand accessoiriste de France. Tu sais ce que c'est, un accessoiriste ?

— Non, je réponds.

— C'est un mec qui est responsable des accessoires sur un tournage de film. Qu'est-ce qu'il y a dans ta bouteille, là ? demande mon père à son ami.

Le mec enlève le papier de soie et l'on voit apparaître une étiquette prometteuse : Château-Chalon. Ma carrière dans le cinéma est en train de démarrer.

3

On est dans la chambre de Nicole avec Blumberg, et on écoute du Lionel Hampton à faible niveau pour pas se fatiguer. Blumberg me dit :

– Tu sais, Jean-Michel, un truc que je t'ai jamais dit, mais que je peux te dire maintenant, parce que je sais que je t'aime et que t'es mon meilleur ami : ta copine Nicole, elle me plaît vraiment, au-delà de tout ce que tu peux imaginer.

– Mais j'imagine très bien, je réponds, ça fait même un moment que j'y pense en me disant : « Tiens, c'est dommage que Blum ait pas ce bonheur-là. » Moi je l'ai en connaissant Nicole mais pas toi, et je me dis qu'il faudrait arranger ça. Qu'est-ce que t'en penses, toi, Nicole ?

Elle répond :

– Il faut trouver un endroit, un lieu où la chose, qui est fragile, pourrait se passer agréablement, sans faire de mal.

3 bis

Nicole et Blumberg sont dans un compartiment de train de deuxième classe. Ils n'osent pas se toucher ni se parler. Ils descendent avec leurs petites valises dans une gare limite désaffectée où s'arrête un train par jour. Ils se prennent par la main et marchent dans une direction qu'on ignore et qui mène au bonheur, c'est évident, il suffit de regarder comme la campagne est en fête, les arbres, les bêtes...

4

Seul dans un café, je digère ma tristesse. Puis je me rends devant le magasin de Jacques, porte de Champerret. Il est à l'intérieur. Je rentre. Je me dirige vers lui. Manifestement je ne viens pas pour commander une machine. Je viens pour des choses autrement plus graves. Jacques me regarde avancer.

— Excusez-moi de vous déranger, je lui dis. Je cherche un endroit pour pleurer. Est-ce que ça vous ennuie que je vienne pleurer chez vous ?

— Mais tu pleures pas, là.

— Non mais je sens que ça vient, l'envie est là.

— Ne te retiens pas, laisse-toi aller.

— Je suis venu pour vous dire quelque chose de très important.

— Je t'écoute.

— Vous êtes très sympathique.

— Mais non.

— Mais si.

— Je ne suis pas sympathique.

— Pourquoi vous dites ça ?

— Parce que je me regarde parfois tard le soir dans le miroir de ma salle de bains et, là, je me débecte et j'ai envie me tirer une balle dans la tête.

— Vous avez une arme ?

— Oui, j'ai un revolver.

— Et qu'est-ce que ce que vous allez faire ?

— Je vais me tirer une balle dans la tête.

— Quand ?

— Je sais pas, un jour.

— Y a pas d'urgence ?

— Bah non, mais un jour, faut y faire face.

— Au moment de prendre la décision, contactez-moi, j'aurai peut-être des arguments pour vous convaincre de rester sur le parcours. Parfois, nous les jeunes, on a besoin d'un adulte.

— Pour quoi faire ?

— Pour inventer une nouvelle forme de connerie, pas toujours faire la même.

Composition et mise en pages
Nord Compo à Villeneuve-d'Ascq

MIXTE
Papier issu de sources responsables
FSC® C003309
www.fsc.org

L'éditeur de cet ouvrage s'engage
pour la préservation de l'environnement
et utilise du papier issu de forêts gérées de manière responsable.

Achevé d'imprimer en juin 2022
par Normandie Roto Impression s.a.s.
61250 Lonrai
Dépôt légal : janvier 2022
Nº d'édition : 64453/03 – Nº d'impression : 2202823

Imprimé en France